U0060872

汪精衛
詩詞彙編 上冊 匯校本

雙照樓詩詞藁・何孟恆讀後記

書評讚譽

僅只一人的事跡和資料，卻足以讓我們跳脫傳統視野，
對近代中國的歷史經驗得到嶄新的認識。

美國聖邁可學院歷史學系榮譽退休教授　王克文

這套歷史文獻，見證了一個民族主義與和平主義
的信仰者，在天翻地覆的大時代裡，曲折離奇
的救亡經驗。它是認識汪精衛，也是理解這個時代
特質不可或缺的材料。

前東海大學文學院院長　丘為君

非歷史學家左湊右湊的「證據」，它是一手資料，
研究近代史的人都要看這套書不可！

《春秋》雜誌撰稿人、歷史學者　李龍鑣

為華文世界和大中華文化圈的利益計，
這套書值得我們一讀。

著名傳媒人　陶傑

過往對汪精衛的歷史評論，多數淪為政治鬥爭的宣傳工具，
有失真實。汪精衛一生：有才有情，有得有失，
有勇有謀，有功有過。記載任何歷史人物必須正反並陳，
並以《人民史觀》為標準。基此原則，汪精衛的歷史定位，
有必要重新檢視，客觀定論，一切從這套書起。

歷史學者　潘邦正

這套書非常適合歷史研究者閱讀，這無須多言，
更重要的是，書中呈現的不只是政治家
的汪精衛，還是一個活生生的人，有笑、有淚、
有感情、有情趣。

文獻學博士　梁基永

從學術嚴謹的角度來看這套書，
有百分之二百的價值。

東華大學歷史學系副教授　許育銘

這套書最重要的意義在於讓一個歷史人物可以
在應該有的位置，讓他的著作可以被重視、被閱讀、
被理解，讓我們更貼近歷史，還原真相。

國立臺灣師範大學歷史學系教授　陳登武

研究汪精衛不可或缺的資料！

三聯書店出版經理　梁偉基

這六冊巨著是研究汪精衛近年來罕見的重要史料，還原了一個真的汪精衛。

《亞洲週刊》記者　黃宇翔

這套書為我們提供了研究汪精衛的珍貴資料，包括自傳草稿、私人書信、政治論述、詩詞手稿、生活點滴、至親回憶等，其中有不少是從未面世的。閱讀這套書可以讓我們確切瞭解他的人生態度、感情世界、政治思想、詩詞造詣，從而重新認識他的本來面目。

珠海學院文學與社會科學院院長　鄧昭祺

不管對有年紀或是年輕的人來說，閱讀這套書都是很好的吸收與體會。

時報文化董事長　趙政岷

汪精衛與現代中國系列叢書 08

汪精衛

詩詞彙編

上冊

匯校本

雙照樓詩詞藁・何孟恆讀後記

汪精衛與現代中國系列叢書 08

汪精衛 詩詞彙編

上冊 匯校本

雙照樓詩詞藁・何孟恆讀後記

國家圖書館出版品預行編目(CIP)資料

汪精衛詩詞彙編 = Wang Jingwei's poetry : unabridged edition with calligraphy and annotations / 汪精衛作 ; 何孟恆彙編 . -- 二版 . -- 新北市 : 華漢電腦排版有限公司 , 2024.02
　冊 ;　公分 . --（汪精衛與現代中國系列叢書 ; 8)
ISBN 978-626-97742-5-8（全套 : 精裝）

848.5　　112022659

Wang Jingwei's Poetry Volume I :

Unabridged Edition with Calligraphy and Annotations

作　　者 — 汪精衛

彙　　編 — 何孟恆

執行主編 — 何重嘉

編　　輯 — 朱安培、黎智豐

設計製作 — 八荒製作 EIGHT CORNERS PRODUCTIONS, LLC

製版印製 — 長榮國際文化事業部

台灣出版 — 華漢電腦排版有限公司

地　　址 — 新北市板橋區明德街一巷 12 號二樓

電　　話 — 02-29656730

傳　　真 — 02-29656776

電子信箱 — huahan.huahan@msa.hinet.net

二版一刷：2024 年 2 月

ISBN：978-626-97742-5-8

定價：NT$2200（二冊不分售）

本著作台灣地區繁體中文版，由八荒圖書授權華漢電腦排版有限公司獨家出版。

代理經銷：白象文化事業有限公司

地址：401 台中市東區和平街 228 巷 44 號

電話：04-22208589

eightcornersbooks.com | wangjingwei.org

汪精衛紀念託管會獻給何孟恆與汪文惺

上冊目錄

雙照樓詩詞藁

小休集

掃葉集

三十年以後作

補遺

雙照樓詩詞藁集外

前言

生平的思想言論，都跟隨着時事的變遷，
陸續發表，大家都可以看得到。而真正可以留存後世的，
就是「雙照樓」詩詞了。

—汪精衛

序｜鄧昭祺

《汪精衛詩詞彙編》輯錄了汪精衛家人及好友珍藏的資料，包括汪精衛詩詞手稿的影印件，是目前所見最詳盡的汪氏詩詞全集。汪氏曾經説過，他「平生所為詩，有操筆即成，有歷久塗改乃成者」。[1] 據本書下冊所附汪氏親手所寫的詩詞手稿影印件來看，作者對詩詞創作的態度一絲不苟，他的一些作品的手稿多達四五個，而同一手稿的個別詞句，往往經過反覆修改然後才敲定。讀者從這些手稿中，可以想見汪精衛詩詞創作的心路歷程。他曾經向親信説過，他的文章足以反映他的思想，但是只有詩詞才能夠真正代表他的內心。[2] 現時呈現在我們眼前的汪精衛雙照樓詩詞初稿、二稿、三稿等，除了説明作者精益求精的創作態度外，還讓我們窺見作者內心及行文運思的演變過程，是極珍貴的第一手資料。下面舉出〈山行〉詩和〈朝中措〉詞以説明這些資料的價值。

從 1920 年開始，汪精衛曾多次遊覽江西廬山，並且寫了不少紀遊詩，其中一首〈山行〉寫於 1932 年。本書下冊共收錄五個〈山行〉詩手稿，包括定稿。「永泰版」《雙照樓詩詞藳》頁 61A 所載刊印本文字與定稿文字相同：

> 箕踞松根得小休，蟲聲人語兩無尤。雲從石鏡山頭起，水向鐵船峰上流。初日乍添紅果豔，清霜未減綠陰稠。匡廬自是多顏色，要放千林爛漫秋。[3]

我們可以從稿件改動的情況，大致推斷五個手稿寫作的先後次序。本書下冊頁 230 所載的手稿，應該是初稿。這個初稿緊貼在上一首詩後面，二詩並無明顯

1 《汪精衛詩詞彙編》上冊頁111，〈孚加巴斯山中書所見〉何孟恆「題註」。

2 《汪精衛詩詞彙編》上冊頁XXXV。

3 「漫」字定稿作「熳」，見《汪精衛詩詞彙編》上冊頁83。「爛熳」古同「爛漫」。

分界。（見圖一）書影第一行是上一首詩尾聯，第二行開始才是〈山行〉詩首聯。汪精衛曾經反覆修改這個稿件，不過他有時並無清楚標示哪些是修改後的文字，因此令人頗難理出頭緒。例如初稿第二句，作者最先寫的是「道逢野老亦勾留」，後來他把整個句子刪掉，在此句右邊寫了「初陽靜穆」四字，其餘三字並無寫出。這四字也被刪掉，然後他在「道逢」句左邊寫了「雲移峰影白悠悠」七字，大概是想用此七字作為詩的第二句，不過此句被他放入括號內，應該也是刪掉的意思。這樣此初稿就好像缺少了第二句。不過我們根據定稿文字推敲，第二句應該是寫在整首詩後面的「蟲聲人語兩無尤」，而整個初稿的文字如後：

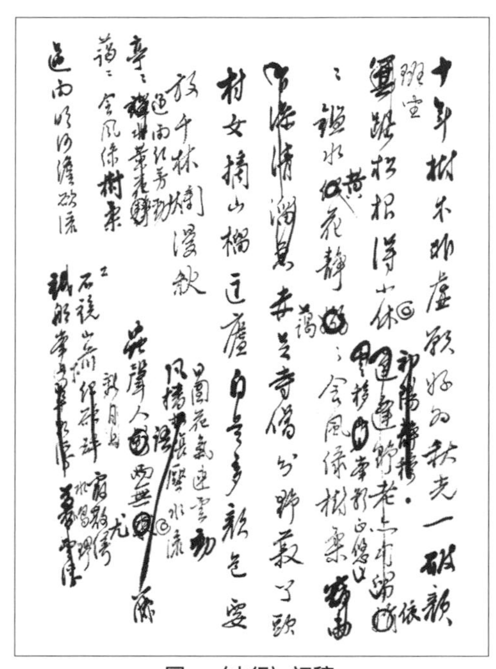

圖一〈山行〉初稿

班坐松根得小休。蟲聲人語兩無尤。依依鑑水黃花靜，藹藹含風綠樹柔。赤足寺僧分野菽，丫頭村女摘山榴。匡廬自是多顏色，要放千林爛漫秋。[4]

從圖一初稿的書影可以見到，作者原先用「箕踞」作首二字，後來刪掉，改用「班坐」代替，但定稿卻改回「箕踞」。「箕踞」指隨意伸開兩腿，像個簸箕一樣席地而坐，在古代是一種不拘禮節的坐法；「班坐」是列班或依次而坐，與「箕踞」比較起來，這種坐法顯得有點拘謹。在遊山玩水時，用「箕踞」來描寫坐姿，似乎較為貼切。陶淵明〈遊斜川〉詩有「班坐依遠流」句，汪精

4 初稿與定稿文字有出入的地方，用底綫標示。

衛自小熟讀陶詩，熱愛陶詩，或者他寫〈山行〉詩首句時，想起這句陶詩，因而把原先寫的「箕踞」二字塗去，改用「班坐」。[5]陶詩的「班坐」用得很妥帖，因為他是與幾位鄰人一同坐在小舟上出遊，而且從〈遊斜川〉序文的「各疏年紀鄉里」一句，我們可以推想他們可能是按照年紀長幼依次而坐。汪精衛在其他幾個手稿中或用「班坐」，或用「箕踞」，而最後決定使用「箕踞」，可見他詩歌裏的詞語，都是經過反覆推敲及不厭其煩地修改而得來的。

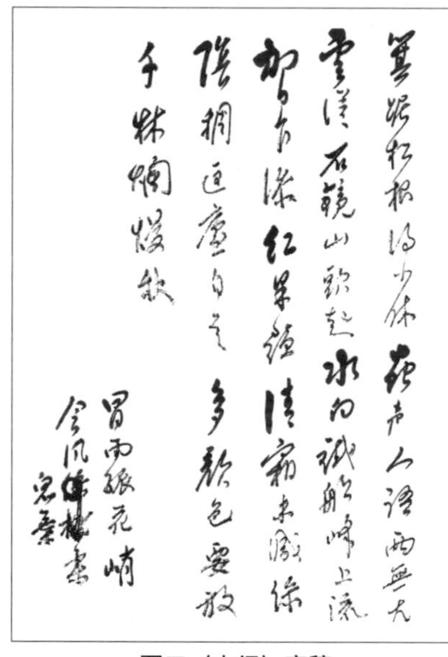

圖二〈山行〉定稿

初稿頷聯是「依依鑑水黃花靜，藹藹含風綠樹柔」，其中「藹藹含風綠樹柔」一句，有值得商榷之處。此句說茂盛的綠樹在風中顯得柔軟，這種描寫顯得有點不太自然，因為我們通常只會用柔軟來形容樹枝或樹葉，很少用來形容茂盛的樹。大概作者也覺得這樣寫法有點問題，所以他曾經考慮把「樹柔」改為「葉柔」。關於這一點，我們從此詩定稿後面所附的兩行文字，可以看到端倪。本書下冊頁236的〈山行〉稿件，文字與刊印本相同，應該是定稿。（見圖二）

我們要留意的是寫於此定稿後面的「冒雨孤花峭，含風眾葉柔」兩個五言句，此二句應該是〈山行〉詩頷聯的其中一個選擇。它們雖然是五言句，但作者只要在句字開頭各自加上「依依」、「藹藹」等疊字，就可以把它們變為七言句「依依冒雨孤花峭，藹藹含風眾葉柔」。這兩個添字拼湊出來的七言句，應該比初稿的「依依鑑水黃花靜，藹藹含風綠樹柔」優勝。「藹藹含風眾葉柔」一句，把「樹」改為「葉」，較合情理，用「柔」來形容在風中搖曳的樹葉，是妥帖自然的。

5 龔斌：《陶淵明集校箋》（上海：上海古籍出版社，1996年）頁84。

初稿的頸聯「赤足寺僧分野菽，丫頭村女摘山榴」，對仗工整。頷聯「依依鑑水黃花靜，藹藹含風綠樹柔」寫山行所見景物，頸聯則寫山行所遇人物，一靜一動，是很不錯的寫法，但作者在定稿中沒有採用這兩句作頸聯。定稿的頸聯是「初日乍添紅果豔，清霜未減綠陰稠」，紅果綠陰，色彩鮮明。尾聯是「匡廬自是多顏色，要放千林爛熳秋」，二句説廬山的秋天五彩繽紛、繁富絢麗。在定稿中，頸聯和尾聯都是寫廬山令人印象深刻的顏色，頸聯是分説，尾聯是總説，二聯配合得自然緊湊。初稿的頸聯是「赤足寺僧分野菽，丫頭村女摘山榴」，而尾聯和定稿一樣，都是「匡廬自是多顏色，要放千林爛熳秋」。頸聯寫山行所見人物，尾聯則寫廬山林木色彩鮮明美麗。兩聯之間的關係，似乎不及定稿那樣緊密。總的來説，定稿的內容、文字和結構，較初稿優勝。

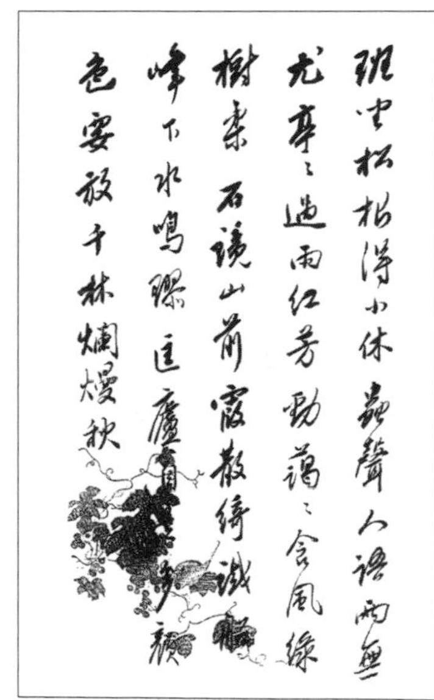

圖三〈山行〉二稿

二稿的文字與定稿也有頗大差別（見圖三）：

> 班坐松根得小休。蟲聲人語兩無尤。亭亭過雨紅芳勁，藹藹含風綠樹柔。石鏡山前霞散綺，鐵船峰下水鳴璆。匡廬自是多顏色，要放千林爛熳秋。[6]

「亭亭過雨紅芳勁，藹藹含風綠樹柔」二句，有值得商榷之處。上句寫紅花在雨後仍然直立勁拔，下句大概為了與上句的意思相對，就説茂盛的綠樹在風中顯得柔軟，以「柔」對「勁」，本來對得工整，但是正如上文所説，用「柔」來描寫樹木在風中擺動的情況，是不太自然的。「花（芳） 勁」、「樹柔」，對仗雖然工整，但意思卻有點彆扭，因為在一般人心目中，「花柔」、「樹勁」似乎更合情理。

6 《汪精衛詩詞彙編》下冊頁233。

本書下冊頁 234 和 235 還有兩個〈山行〉手稿的影印件。這兩個手稿的寫作先後次序，無法確定。它們和定稿相比，只各改動一字，這裏不再論述。

下面討論汪精衛寫於 1943 年的名作〈朝中措〉，這首可能是他的絕筆詞。據「永泰版」《雙照樓詩詞藳》頁 96A 至 96B 所載，此詞刊印本文字如後：

〈朝中措〉

重九日登北極閣讀元遺山詞，至「故國江山如畫，醉來忘卻興亡」，悲不絕于心，亦作一首。

城樓百尺倚空蒼。雁背正低翔。滿地蕭蕭落葉，黃花留住斜陽。 闌干拍徧，心頭塊壘，眼底風光。為問青山綠水，能禁幾度興亡。

在《汪精衛詩詞彙編》中，共有兩個〈朝中措〉手稿影印件，其中一個有小序的，應該是初稿，其餘一個是定稿。現在先看圖四的初稿：

〈朝中措〉

重九日讀元遺山詞，至「故國江山如畫，醉來忘卻興亡」，悲不絕于（「于」後原有「予」字）心，因破戒和（「和」原作「步」）其韻，然亦和（「和」原作「步」）此一韻而已。

荒城殘堞暮煙蒼。隄水引愁長。滿地蕭蕭落葉，黃花留住斜陽。危闌四望，人間何世，日日滄桑。待得山川重秀，再來閒話（「閒話」二字原作「俛仰」）興亡。[7]

小序「因破戒和其韻」的「和」字，原作「步」，後來改作「和」。所謂「和其韻」就是指作「和韻詩」。「和韻詩」與「步韻詩」是兩種不同的「和詩」。吳喬（1611-1695）《圍爐詩話》云：

夫和詩之體非一意，如問答而韻不同部者，謂之和詩；同其部而不同其字者，謂之和韻；用其字而次第不同者，謂之用韻；次第皆同，謂之步韻。[8]

「和韻」是指用原詩韻部押韻，韻腳不須要與原詩相同；「步韻」是指使用原詩韻腳的原字押韻，而韻腳之次第與原詩相同。這裏所討論的「和詩」種類，同時適用於詞。元遺山的〈朝中措〉所用的韻腳是「量」、「忘」、「陽」、

---

7 《汪精衛詩詞彙編》下冊頁317。

8 吳喬：《圍爐詩話（及其他二種）》（《叢書集成初編》，北京：中華書局，1985年北京第1版）頁13。

「光」、「亡」。[9] 汪詞初稿所用的韻腳是「蒼」、「長」、「陽」、「桑」、「亡」，與元詞並不完全相同，所以汪精衛把小序的「步韻」改作「和韻」是正確的。汪氏在詞的小序裏原先寫的是「步其韻」，大概他最初想用元詞的韻腳原字依次押韻，不過後來改變主意，只用元詞韻部押韻，因此把「步」改作「和」。

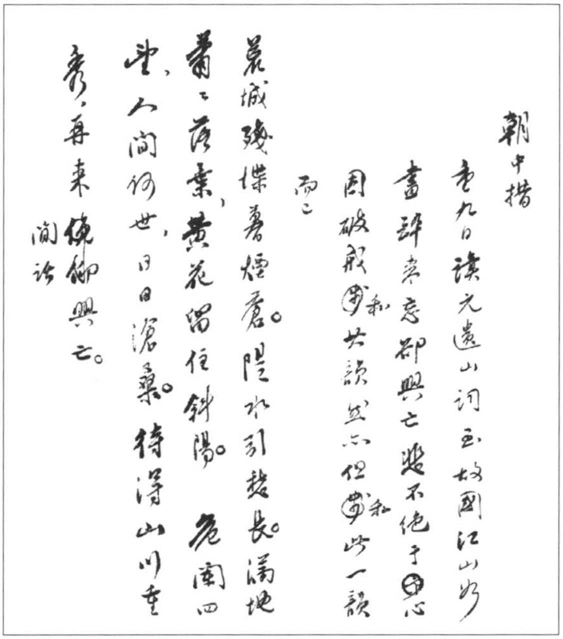

圖四〈朝中措〉初稿

刊印本〈朝中措〉的首句「城樓百尺倚空蒼」，氣局豪邁，顯現出作者廣闊的胸襟，也很切合他在詞中所寄寓的壯志難酬的憤慨。初稿首句「荒城殘堞暮煙蒼」，則是一般婉約詞的寫法，風格截然不同。

刊印本下片開首幾句是「闌干拍遍，心頭塊壘，眼底風光」。「闌干拍遍」語出辛棄疾〈水龍吟〉詞：「把吳鉤看了，欄干拍徧，無人會、登臨意。」[10] 汪詞的「闌干拍遍，心頭塊壘」是説作者好像辛棄疾那樣，希望藉拍打闌干來抒發胸中抑鬱苦悶之氣。作者登樓縱目，眼見山河破碎，自己空有救國之志，卻苦於無力旋乾轉坤，因而生出鬱悶難平、有志難伸的激憤，這種激憤，只能靠拍打闌干來發泄。初稿下片開首三句「危闌四望，人間何世，日日滄桑」，不過是泛泛之論，內容缺乏深意，不及「闌干拍遍」三句那麼感人。

9 元遺山〈朝中措〉：「時情天意枉論量。樂事苦相忘。白酒家家新釀，黃花日日重陽。城高望遠，煙濃草澹，一片秋光。故國江山如畫，醉來忘卻興亡。」見趙永源：《遺山樂府校註》（南京：鳳凰出版社，2006年）頁461。

10 鄧廣銘：《稼軒詞編年箋注》（增訂本）（上海：上海古籍出版社，1993年）頁34。

最末二句，刊印本作「為問青山綠水，能禁幾度興亡」，是極沉痛語。作者登樓遠望，只見干戈滿地，祖國正受到戰火摧殘，於是不由得問祖國的美好河山，究竟還能夠經受得多少次覆亡呢？相較之下，初稿「待得山川重秀，再來閒話興亡」二句，便顯得有點語焉不詳，而且遣詞用字的效果，給人一種閒話家常的輕浮感覺。

〈朝中措〉的定稿，並無詞題，也無小序（見圖五）：

> **城**（「城」原作「危」）**樓百尺倚空**（「倚空」原作「暮〇」，「暮」後一字只寫了開頭部分，無法推斷）**蒼。雁背正低翔。滿地蕭蕭落葉，黃花留住斜陽。闌干拍遍，心頭塊壘，眼底風光**（此三句原作「心頭塊壘，眼前風物，一樣悲涼」）。**為問青山綠水，能禁幾度興亡。**[11]

我們可從稿件的刪改痕跡，見到作者原先所用詞句。

最值得我們注意的是下片開頭幾句。定稿的「闌干拍遍，心頭塊壘，眼底風光」幾句，原作「心頭塊壘，眼前風物，一樣悲涼」。毫無疑問，原先三句缺少了修改後的三句所蘊藏的那層深意。

「永泰版」《雙照樓詩詞藁》的扉頁也載有〈朝中措〉詞手稿的影印件，這個應該是此詞的上版稿本。（見圖六）

從書影中可以見到「眼底風光」的「風光」二字，原作「滄桑」（「桑」字只寫了起筆「又」部分）。此二字在定稿中原作「悲涼」（參圖五）。由此可以推斷，作者登樓所見風物給他的第一個印象，是令他感慨萬千、悲不自勝的。

我們比較初稿和定稿，除了可以欣賞作者句斟字酌的嚴肅創作態度外，大概還可以推論出作品裏精警的句子。在〈朝中措〉的初稿和定稿中，只有「滿地蕭蕭落葉，黃花留住斜陽」兩句的文字完全一樣，沒有經過任何改動，這兩個大抵是令作者感到十分滿意的佳句。「斜陽」在我國古代詩詞中，往往比喻走向衰落

11 《汪精衛詩詞彙編》下冊頁318。

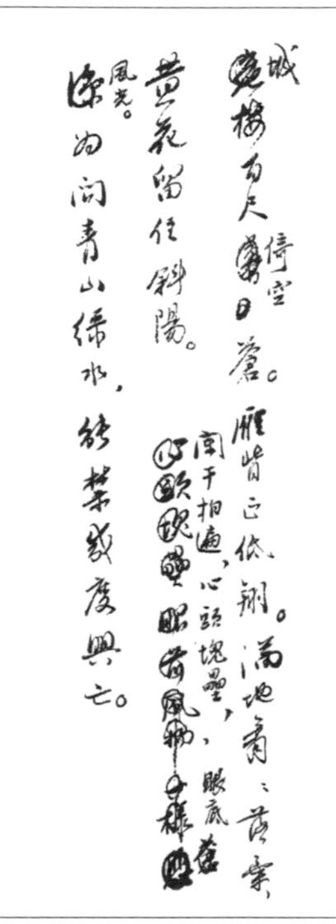

圖五〈朝中措〉定稿

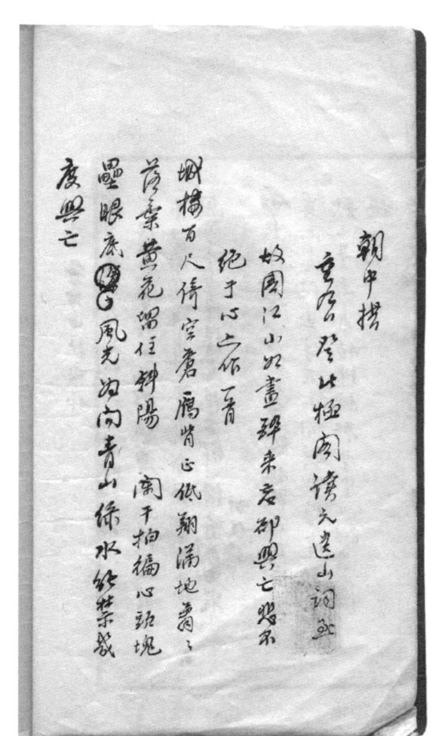

圖六「永泰版」《雙照樓詩詞藁》扉頁

的事物，在〈朝中措〉裏它應該是比喻氣息奄奄的國勢。詞裏的「黃花」，大抵比喻那些包括作者在內，有志挽救國家的人。這兩個比喻句是說，雖然國勢像滿地落葉那樣衰落，作者還是企圖力挽狂瀾於既倒，盡量使國家能夠支撐下去。香港堅社詞人林汝珩（1907-1959）大概也很欣賞「黃花」句，他在〈思佳客〉詞中所說的「嗟一髮，歎三桑，黃花難得駐斜陽」，就是慨嘆汪精衛等有志之士無法拯救衰微的國勢。[12]

這本《汪精衛詩詞彙編》除了提供大量作者的手稿影印件外，還輯錄了汪精衛女婿何孟恒（1916-2016）的《雙照樓詩詞藁》讀後記及註解，這些也是很有參考價值的資料。例如，1930 年汪精衛到香港居住的時候，曾經作了八首〈雜詩〉（「海濱非吾土」）。何孟恒對這組詩寫了兩個題註[13]，「題註」云：

> 「海濱」〈雜詩〉作於民十九年（1930）。時寓居香港赤柱海濱，後人名之為 South Cliff。擴大會議在醞釀中。

---

12 林汝珩著，魯曉鵬編注：《碧城樂府》（香港：香港大學出版社，2011年）頁139。

13《汪精衛詩詞彙編》上冊頁84。

「題註二」云：

> 第一首，民國十八年己巳，翁自海外歸，寄居香島赤柱海濱，賦此述懷，暇日好躬蒔花竹，篇中所云，亦之實也。第八首「平生濟時意」，濟，益也，救助也。「為霜為露，殺草滋花」，革命黨人之胸襟，革命黨人之熱淚！

何氏的題註除了指出雙照樓詩詞的創作背景外，還包括一些精闢的論析或評語，讓讀者能夠更深入欣賞汪精衛的詩詞。例如這組雜詩的「題註二」指出第八首詩中「願我淚為霜，殺草不使生。願我淚為露，滋花使向榮」幾句，是「革命黨人之胸襟，革命黨人之熱淚」，可謂深中肯綮，發人深思。何孟恆是汪氏的女婿，常常有機會伴隨汪氏左右，他在〈紫雲英草可肥田農家喜種之一名荷花浪浪取以入詩〉的「題註」說：「二十六年丁丑暮春，自滬乘火車至南京，文傑隨侍」，[14] 以及在〈春暮登北極閣〉的「題註二」說：「登北極閣，文傑每每從游……」，[15] 就清楚説明這一點，因此他對雙照樓詩詞寫作背景的解説，很值得我們重視。

14 《汪精衛詩詞彙編》上冊頁115，何孟恆本名「文傑」。

15 《汪精衛詩詞彙編》上冊頁138。

•

鄧昭祺，香港大學文學士、哲學碩士、哲學博士、內外全科醫學士。先後任教於香港大學中文學院，香港大學專業進修學院，並曾擔任香港珠海學院副校長暨文學與社會科學院院長，亞洲研究中心總監，香港大學饒宗頤學術館名譽研究員。著有《元遺山論詩絕句箋證》、《詞語診所》、《點讀三字經》，《陶朱公商訓十二則》（譯著）等。

編輯前言

《汪精衛詩詞彙編》二冊為 2019 年出版的《汪精衛詩詞新編》之增補本，上冊謄錄並匯校家人及親信珍藏、印刷、刊行的《雙照樓詩詞藁》全貌，並附有汪精衛女婿何孟恆的閱讀筆記；下冊彙集親友舊藏的數百頁詩詞手稿、珍貴書畫，是目前最為接近汪氏原意、最翔實之汪精衛詩詞集大成。

汪精衛的文學造詣，得益於其書香門第自幼熏染，和深厚家學傳承。他自十四歲寫下〈重九游西石巖〉，一生與古典詩詞結緣，以其述志、詠懷、言情、紀事，留下《雙照樓詩詞藁》；而他二十七歲那年潛伏進京謀刺攝政王載灃，未遂繫獄，其「慷慨歌燕市，從容作楚囚。引刀成一快，不負少年頭」，更在當時家喻戶曉，人們爭相傳誦的名句。

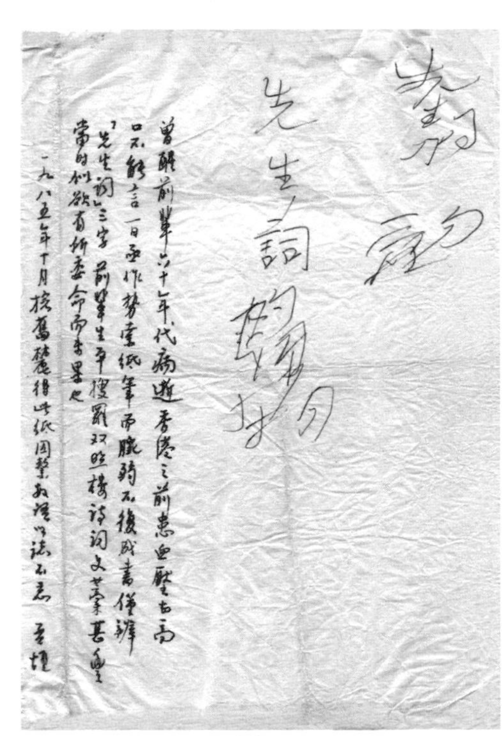

先生詞

曾醒前輩六十年代病逝香港之前患血壓高而口不能言 一日亟作勢索紙筆而腕弱不復成書僅辨「先生詞」三字 前輩生平搜羅双照樓詩詞文[illegible]甚豐當時似欲有所委命而未果也

一九八五年十月 撿舊篋得此紙因繫數語以誌不忘 孟恒

圖一

他除了工詩詞善演講，還是以推翻滿清為宗旨的文學團體「南社」的主要代表人物，並以「曼昭」作筆名，寫就一部文學評論專著《南社詩話》（請參本系列《汪精衛南社詩話》）。汪精衛 1944 年在病榻前對來探望的親信袒露心聲：

> 生平的思想旨趣，都跟隨着時勢的變遷，陸續發表為文字和言論，大家都可以看得到。而真正能夠代表我內心的就是「雙照樓」詩詞。

據何孟恆憶述，與汪氏夫婦交情深厚的同志兼密友曾醒，1954 年在香港病逝前雖重病「口不能言，腕弱不復成書」，仍堅持留字（請參閱圖一），念念不忘「先生詞」，以之囑咐汪文惺及其夫婿何孟恆，拳拳之心可鑒。

本書和《汪精衛與現代中國》系列[16]一起，為讀者全面瞭解一個真實的汪精衛，提供了第一手珍貴資料，尤其是《汪精衛政治論述》匯校本全三冊[17]，不少文章非今人能輕易獲得，值得讀者與詩詞一同閱讀，如何孟恆於「讀後記」所舉例，〈見人析車輪為薪為作此歌〉抒發革命黨人之胸懷，〈革命之決心〉道出有此心情之緣由，合而觀之，方能真正認識汪精衛。

《汪精衛詩詞彙編》分上下二冊。

上冊

為《雙照樓詩詞藁》全篇，共計四部份：

一、主幹為《雙照樓詩詞藁》匯校本。2019 年出版之《汪精衛詩詞新編》，為承傳汪氏家人珍藏文獻，特以掃描形式，直接展示汪精衛長女汪文惺保存、長子汪文嬰於 1950 年代交由香港永泰印務公司製版的《雙照樓詩詞藁》（下稱「永泰版」）[18]，及幼子汪文悌 2004 年翻印本（下稱「文悌版」）

16《汪精衛與現代中國》2019年印刷版由汪精衛紀念託管會編，時報文化出版，系列有《汪精衛詩詞新編》、《汪精衛生平與理念》、《汪精衛南社詩話》、《汪精衛政治論述》，《獅口虎橋獄中手稿》，和《何孟恆雲煙散憶》，首度公開諸多親筆手稿。

17 汪精衛紀念託管會於2023年出版《汪精衛政治論述》匯校本，由何孟恆挑選，囊括121篇最能代表汪氏一生的政論文章。匯校本以各種一手史料再作校訂，並重新審訂全書標點斷句，令讀者能更完整認識汪精衛。

18 汪精衛夫人陳璧君骨灰在香港海葬時，家人曾分送這「永泰版」書給參禮的親友留為紀念。

補輯作品[19]之全數頁面，圖上更清晰可見汪文惺讀後認為「必背」、何孟恆認為「必讀」的標誌。

是次出版有別過往，本書以「永泰版」為底本謄錄，並匯校汪精衛親筆手稿、1945年汪主席遺訓編纂委員會刊行版（下稱「遺訓版」）及「文悌版」，藉此訂正諸版本差異，溯源汪氏本意，尤其在各版皆誤時，全賴有手稿可作一槌定音，如誤字者有〈十一月二十四日再過西湖〉，各版本為：「落水攢空有靜柯」，其中「水」字有誤，今據手稿訂正為「木」字。又有誤排者如〈譯佛老里昂寓言詩一首〉，「永泰版」及「文悌版」為「憮然其止哭」，今據手稿暨遺訓版訂正為「憮然止其哭」。

本書與坊間良莠不齊的版本不同，絕無如〈自嘲〉[20]等假借汪氏之名的偽作。各版本均由親信董理，如「遺訓版」由汪氏機要秘書、國學家屈向邦、中文秘書曹宗蔭整理遺稿，並經同窗兼詞學家龍榆生等校對，而「永泰版」及「文悌版」之根據，則如何孟恆所言：「雙照樓詩詞始作於北京獄中。1930年曾仲鳴刊印《小休集》香港民信版。其後復有所作，題名《掃葉集》。1942年陳氏澤存書庫集合《小休》、《掃葉》兩集首刊《雙照樓詩詞稿》，澤存版經雙照樓主人親訂，最為詳盡。其後雙照樓主人辭世，家人復加入1941年以後所作，併付香港永泰印務印刷，仍其舊名。2004年歲暮，子幼剛重新刊發《雙照樓詩詞藁》，並附加《補遺》，最為纂本。」

二、何孟恆於1980至90年代撰寫的《雙照樓詩詞藁》讀後記。其註釋汪氏詩詞之本意：

19 這書首次展示「補遺」詩詞十三首。

20 盛傳是汪精衛墳墓被炸開後所發現之作品，經查證，曾任陸軍第74師軍長的邱維達於1961年撰文記述他奉命炸毀汪墓一事，並無提及此首作品，直到1984年由朱秋楓所作的《金陵別夢：大漢奸汪精衛傳聞》中才首次出現此作，惟此書內容虛構為主，除〈自嘲〉外，還捏造多封書信、歌謠、詩詞，皆無明證。

能力所限，不免錯漏，誠盼指正

何孟恆寫於「讀後記」末

雙照樓根本不須由我這樣的小子來多作廢話，但不交代一下心裏又放不下，不敢說太多，說完了又覺得不夠，奈何！希望忙碌的人因為有人做了點功夫，省節了一點時間，也可以翻看以後，而細細研讀，能做到這一點就夠了。

i.、題註 — 根據親近汪精衛的經歷，通過這些註解還原當時的社會歷史背景和汪氏的生活點滴。何孟恆更特別指出在其他史料沒有記載的史實；我們以「題註」排在該詩註解之首；

ii.、字彙 — 為汪詩詞中的文史典故或古文詞語，加以解釋，並標明粵音，既助讀者節省翻檢時間，也讓讀者明瞭典出何處；因何氏專治植物學，故註解中每遇有關專用名詞，多配以拉丁學名，讓詩詞更具真實感。

iii.、評論 — 出自文學名家陳石遺《石遺室詩話》與屈向邦《廣東詩話》，這部份放在註解末。

此次發表的「讀後記」是數份未定稿的綜合本，又加上在汪夫人陳璧君繫獄時手抄的《掃葉集》（請參本系列《獅口虎橋獄中手稿》）線裝書中找出數十張何孟恆手寫紙條，內容為當時社會歷史背景，乃作者先後寫就的見解，為存真計，遂一一統合並加入「讀後記」相應詩詞註解中。

三、秀峰、何英甫兄弟手書的《雙照樓詩詞虆外》之謄錄。據何孟恆說，汪氏認為這些詩作「不夠雅」，故沒有收進《雙照樓詩詞藳》。

以下是上冊的編輯凡例：

i. 為遵汪氏原意，本書據《小休集》手稿展示之本來順序，把〈奴兒哈赤墓上作〉從《補遺》挪移至《小休集》中。

ii.「永泰版」上部份詩詞句後有小字說明，若內容關乎單一詩句，則以小字附於該句謄錄文後，若關乎整首作品，則另起新行，以小字放在該首作品後。

iii.「讀後記」註解與謄錄詩詞一一對應，但並非每首作品均有「讀後記」，凡沒有註解者，任其留白；本書全數謄錄何孟恆手書註解，如有未能辨識的字，皆以☐標示。

iv. 汪精衛為廣東人，粵語為其母語，故何孟恆「讀後記」以同音字標明粵音，本書於此之上，依據香港中文大學及人文電算研究中心所編的粵語審音配詞字庫，為難讀字再添上粵語註音，以此重現汪氏作品原原本本的魅力。

v. 何孟恆為協助大眾學者研究，曾將「讀後記」裝訂成冊，捐贈數家圖書館（包括美國史丹佛大學圖書館），是次出版，經過適量修改與補充，引文亦一概照典籍全錄，與以往圖書館裝訂本不同，為該版本更充實的增訂本。

下冊

旨在呈現汪氏詩詞手稿，乃何孟恆從汪精衛家族及親信曾仲鳴後人處複印珍藏的版本，其中汪家的一手原稿《掃葉集》現收藏在胡佛研究所圖書檔案館。下冊共分三部份：

一、《小休集》手稿。4 至 196 頁是汪氏親書給曾仲鳴、方君璧夫婦珍藏的《小休集》全冊手稿，其與日後印製之「永泰版」有所差異，如〈奴兒哈赤墓上作〉原屬《小休集》，手稿展示出其於集中本來之順序，「永泰版」則漏載此首，至「文悌版」才重錄在《補遺》中。196 至 197 頁為〈比那蓮山雜詩〉四首之手稿，同為曾氏夫婦收錄，是有明顯刪改痕跡的草稿。

二、《掃葉集》手稿，乃何孟恆從各方親友搜集、影印、整理，何氏言：

> 此為《掃葉集》原稿之一部，詩人吟詠，未必原稿，求窺全豹，殆不可解，而斷錦零縑，尤覺珍貴。〈春雨〉及〈過巫峽〉諸作，集中未載，更可補刊本之不足。

其中〈春雨〉又稱〈春暮〉，現與〈過巫峽〉等，按「文悌版」編排，一同收錄在下冊《補遺》中。

三、汪精衛送贈至親，如妻子陳璧君；姻親何秀峰、李凌霜夫婦；女兒汪文惺、何孟恆夫婦；革命親信曾醒等的書畫。當中包括同鄉革命同志陳樹人所繪扇面、畫家陳東湖、何孟恆夫婦畫作。

下冊收錄《雙照樓詩詞藁》手稿，見字如見其人，既彰顯汪精衛書法造詣，當中創作草稿更毫不保留地呈現出汪氏創作脈絡，讀者可從同一詩詞多個不同版本中，見證其經年累月的創作過程，閱讀各種字詞取捨、替換之經驗，恰如汪氏本人親自指點及傳授詩藝般，是絕無僅有之機會。手稿亦透露了諸多背景資料，為後人提供一扇瞭解汪氏內心及其親友之間關係的窗口。以下是下冊編輯凡例：

i. 作品題目皆依從上冊謄錄本。

ii. 同題作品均添上該作首句以示區別。

一

《汪精衛詩詞彙編》二冊循何孟恆之本意，探幽發微，不僅為讀者辟出一條閱讀捷徑，還公開一批珍貴資料，每一位讀者都可以有自己的「讀後」感想。

汪精衛（1883-1944）

原名兆銘，字季新，號精衛，廣東三水人。留學日本時認識孫中山，參與反清革命，致力宣傳，成為孫中山重要助手，中華民國建立者之一。1910 年行刺攝政王不果被捕，獄中所寫的「引刀成一快，不負少年頭」家喻戶曉，出獄後更成為民族英雄。民國成立，仍輔佐孫中山，國民黨政綱及宣言多出其手。

孫中山逝世後，出任第一任國民政府主席，1932 年任行政院長，1938 年以國民黨副總裁身份，公開主張對日談和。1940 年，在日本佔領下的南京重組國民政府，並任行政院長兼主席，與重慶以蔣介石為首的國民政府對峙。其《南京政府政綱》指出，成立政府的目的為「本善鄰友好之方針，以和平外交求中國主權行政之獨立完整，以分擔東亞永久和平及新秩序建設之責任」。1944 年病逝日本名古屋。

汪精衛一生筆耕不輟，除了《雙照樓詩詞藁》，也曾發表諸多政治文章，宣示其態度立場。他曾說：「我覺得拿生平的演講和論說，當做宣傳是最真實的。」

雙照樓詩詞藁

汪兆銘精衛

《雙照樓詩詞藁》讀後記前言｜何孟恆

以「雙照」[21]顏其樓，以樓名其詩，作者明顯地提出一個啟示，就是他十分珍重自己的伉儷之情。自從被逮入獄開始，即有一闋〈金縷曲〉，作者在小序中寫下當年嚥書的紀念。出獄以後，有〈念奴嬌〉（飄颻一葉）、〈八聲甘州〉（纔輕雷送雨）、〈高陽臺〉（風葉書窗）諸詞紀偕遊之樂。可是為了國事，兩人每每會少離多，於是亦有不少抒寫離情別緒的作品，如民國四年（一九一五）〈六月與冰如同舟……〉[22]，〈六年一月由西伯利亞歸國寄冰如〉[23]諸作及〈綺羅香〉（月色輕黃）等。從詩詞領略二人情愫，殆非尋常夫婦關係所能概括。而最能夠作為代表的就要算〈二十五年結婚紀念日賦示冰如〉一首。作者以松枝梅花為兩人的譬喻，末段極寫「雙照」的深意。三十年（一九四一）四月二十四日題〈冰如手書陽明先生答聶文蔚書〉[24]及〈述懷〉詩合卷，綜合二人共命人間，同心同志，互相勉勵，清輝「雙照」之情，令人低徊諷誦，景仰不已。

集中詩詞分列，大致都是依年代先後來排次的。

《小休集》自序有言：「……詩成於長勞暫息之時……如農夫樵子，微吟短嘯，以忘勞苦於須臾……。」不過讀者不會以為是休閑遣興之作，把它輕易放過的。

21 何孟恆註：「雙照」二字出自唐詩人杜甫寄給妻子的詩〈月夜〉：「今夜鄜州月，閨中只獨看。遙憐小兒女，未解憶長安。香霧雲鬟濕，清輝玉臂寒。何時倚虛幌，雙照淚痕乾。」鄜，音夫（fu1）。當時杜甫在長安，杜妻在鄜州。

22 全題為〈六月與冰如同舟自上海至香港冰如上陸自九龍遵廣九鐵道赴廣州歸寧余仍以原舟南行舟中為詩寄之〉。

23 全題為〈六年一月自法國渡海至英國復渡北海歷挪威芬蘭至俄國京城彼得格勒始由西伯利亞鐵道歸國時歐戰方亟耳目所接皆征人愁苦之聲色書一絕句寄冰如〉。

24 全題為〈冰如手書陽明先生答聶文蔚書及余所作述懷詩合為長卷繫之以辭因題其後時為中華民國三十年四月二十四日距同讀傳習錄時已三十三年距作述懷詩時已三十二年矣〉。

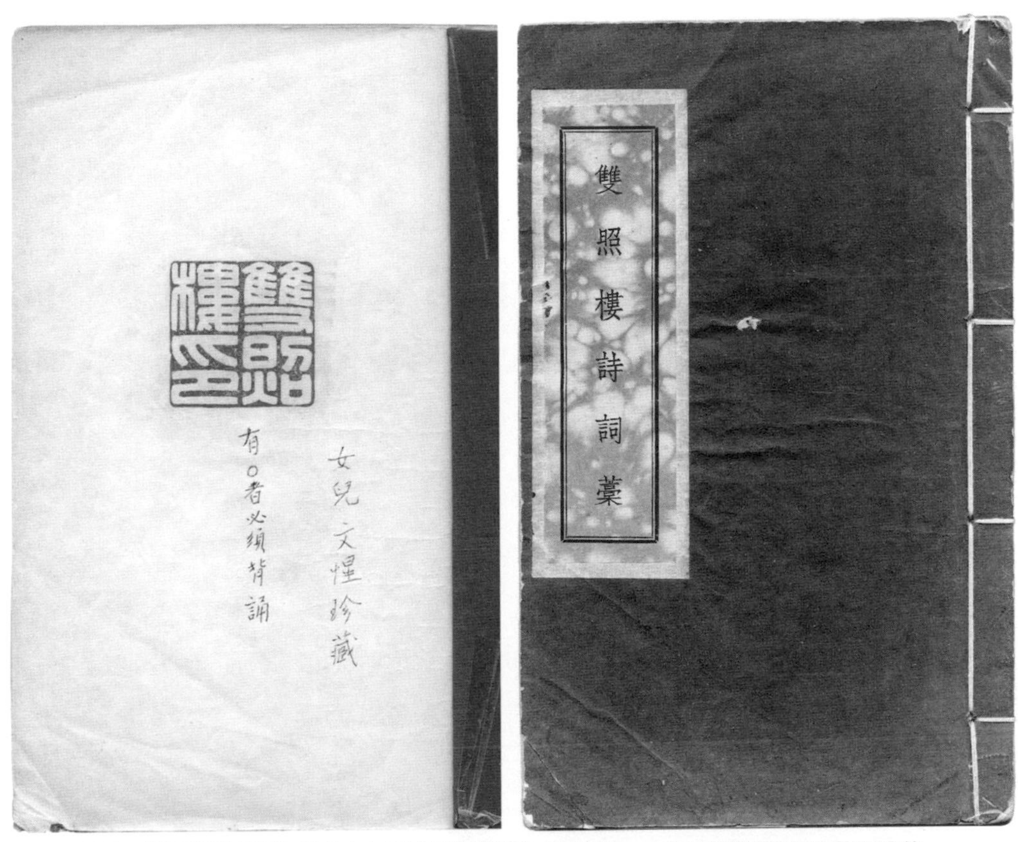

**這本《雙照樓詩詞藁》是首次在香港公開出版的「永泰版」，為汪精衛女兒汪文惺所珍藏。
上部正中配鈐一枚「雙照樓印」，另有汪文惺手書兩行題字：
「女兒文惺珍藏　有〇必須背誦」。書內還有何孟恒＊必讀的標示。**

因為一開始即是份量沈重的獄中詩，揭開了作者從事革命的心迹。而真能放開懷抱，心無罣礙的作品卻為數不多。

《掃葉集》的自序就簡括地指出〈重九集掃葉樓分韵得有字〉一首為頗能道出年來況味，並以「掃葉」名其集。又作者在五十一歲的時候寫過一篇〈自述〉[25]，承認獄中所作〈述懷〉詩可算做他的自傳。到後來病重，林柏生入見，

25 全文參閱汪精衛紀念託管會編，《汪精衛生平與理念》（台北：時報出版，2019年），頁518–519。

他又對林特別指出詩篇最能代表他的心事。這和〈自述〉一貫的意見，而語氣尤為着重。

從上所述，可見作者逐漸增加對自己詩作的重視，及在詩作中注入更多心事。後之讀者細心尋繹其內涵，也就是瞭解作者為人行事的途徑。

讀「雙照樓」詩詞，無有不受到〈被逮口占〉所激動的。而〈見人析車輪為薪為作此歌〉一首就最能道出革命黨人的胸懷。

〈述懷〉以詩筆自寫傳略，敘述其學養及獻身革命的心路歷程。這一篇應與〈革命之決心〉[26]一文同讀。

民元（一九一二）〈印度洋舟中〉及〈古寺觀臥佛〉[27]二首可作「雙照樓」主的革命工作暫告段落的里程碑。中有「此生原不樂，未死敢云煩」、「勞薪如可爇，未敢惜寒灰」及「問佛」「自問」等句，則知其未能恝然置身於國事之外。赴法求學，以待將來之建設，似未足以解釋此際心情。

〈廣州感事〉作於民國六年（一九一七）孫先生在廣州成立軍政府，擁護約法。詩中「節度義兒」、「曲子相公」，可惜未知所指。

〈自上海放舟赴法〉[28]一首作於民國八年（一九一九）出席巴黎和會途中。和平會議召開，舉世歡欣。反觀我國國勢不振，雖叨陪末座，難免有向隅之感。

翌年〈十一月八日自廣州赴上海舟中作〉一首，當時以胡漢民、陳炯明相齮齕，作者遽一人歸上海，有感而作。參閱《南社詩話》第二十一節。

〈病中讀陶詩〉為民國十五年（一九二六）三月二十日事變後作。「種

---

26 全文參閱汪精衛紀念託管會編，《汪精衛政治論述》匯校本上冊（台北：華漢出版，2023年），頁73–77。

27 全題為〈舟泊錫蘭島至古寺觀臥佛憩寺前大樹下導者云此樹已二千年佛曾坐其下說法〉。

28 全題為〈自上海放舟橫太平洋經美洲赴法國舟中感賦〉。

豆」、「植桑」句自加檢討。陳石遺謂是「絶佳對仗」。孫先生逝世，後死者責不容辭。閒居雖樂，終懷霜霰之憂。此作亦一里程碑。

〈海濱雜詩〉作於民十九（一九三 ）。時寓居香港赤柱。擴大會議在醞釀中。陳石遺謂作者「以嗣宗淵明之筆力，寫許身稷契之懷抱」。第八首結句，「為霜為露，殺草滋花」，革命黨人之胸襟，革命黨人之熱淚！

〈飛花〉詩借落花以述殺身成仁之志，視死如歸，痛快淋漓。

〈重九集掃葉樓分韵得有字〉詩成於民國二十二年（一九三三）。其時日本入侵，國勢日蹙，無時不在艱苦奮鬥之中。松柏後彫，由來俱作堅貞不屈的

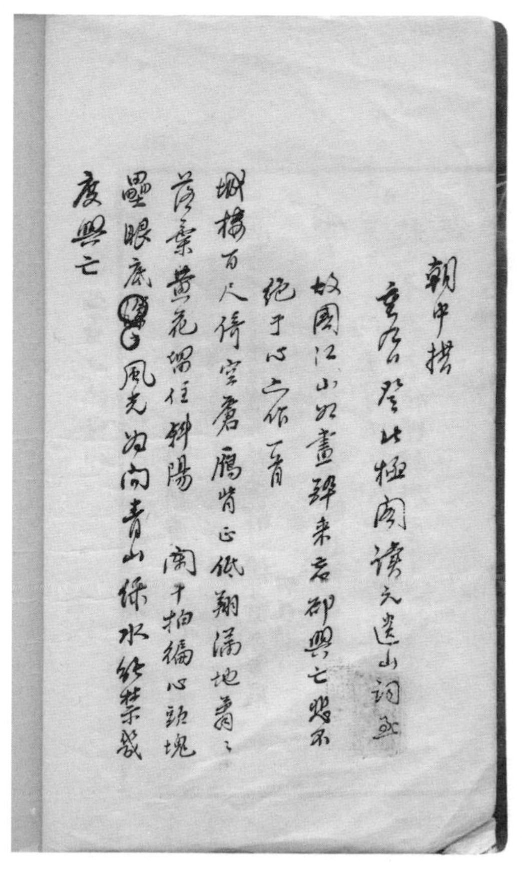

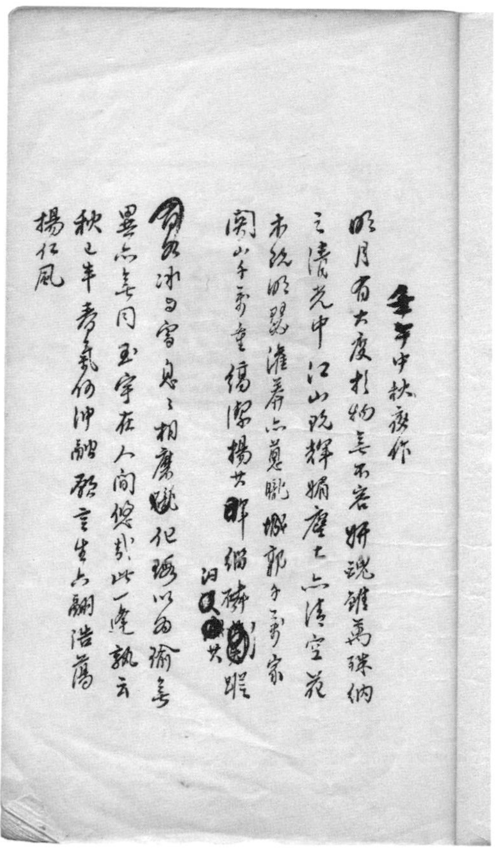

象徵。此詩則以蒲柳先登喻踴躍爭先，犧牲禦侮，為前人所未道，同時亦為蒲柳平寃。

〈題方君璧畫羊直幅〉[29]，作者肖羊，於此以羊自況。不辭剪伐，唯恐皮骨所餘，不足以療民饑而已。

〈印度洋舟中〉一首，民國二十五年（一九三六）三月作。身受狙擊，遍體瘡痍，魂夢轉得粗安，卻依然不忘雞鳴風雨。革命家之精神，革命之決心！

〈憶舊遊〉（賦落葉），民國二十七年（一九三八）冬離渝後作。隱涵林時爽「護林殘葉忍辭枝」及龔定盦「落紅不是無情物，化作春泥更護花」詩句。去國情懷，不盡依依。

〈舟夜〉作於二十八年（一九三九）六月由日本赴天津途中。柁樓欹仄，燈塔微茫象徵國運前途，殊難逆料。而朋儕隨刼而盡，欲挽神州唯有盡其心力而已。二年之後（一九四一）六月十四日〈離上海赴日本舟中〉[30]一首，同樣有着憂國懷人的感慨，卻增加了幾分悲愴。「飛來明月」句亦即東坡「不應有恨」之意。

民國三十二年（一九四三）秋，作者背部舊創復發，健康衰退。〈朝中措〉（重九登北極閣）即於此時寫成。眼前一片蒼茫，胸中萬般悲愴，此後遂不復作。

以上不過是個人讀後的感受而已。詩的本質是潛藏不露的，它的內涵往往需要細心發掘才能明白。甚而詩的遣辭用事，在我們這一代讀起來已不容易。這不能不怪自己讀書太少，用功不力。而我們以後的來者，雖然見識更廣，能力更強，可是生活也更繁忙，時間相距愈遠，對以往的一切就難免更深隔膜了。因此，我不揣淺陋，把自己的閱讀札記彙集起來，並不敢說是「雙照樓」詩詞

---

29 全題為〈方君璧妹以畫羊直幅見貽題句其上〉。

30 全題為〈六月十四日為方君瑛姊忌辰舟中獨坐愴然於懷並念曾仲鳴弟〉。

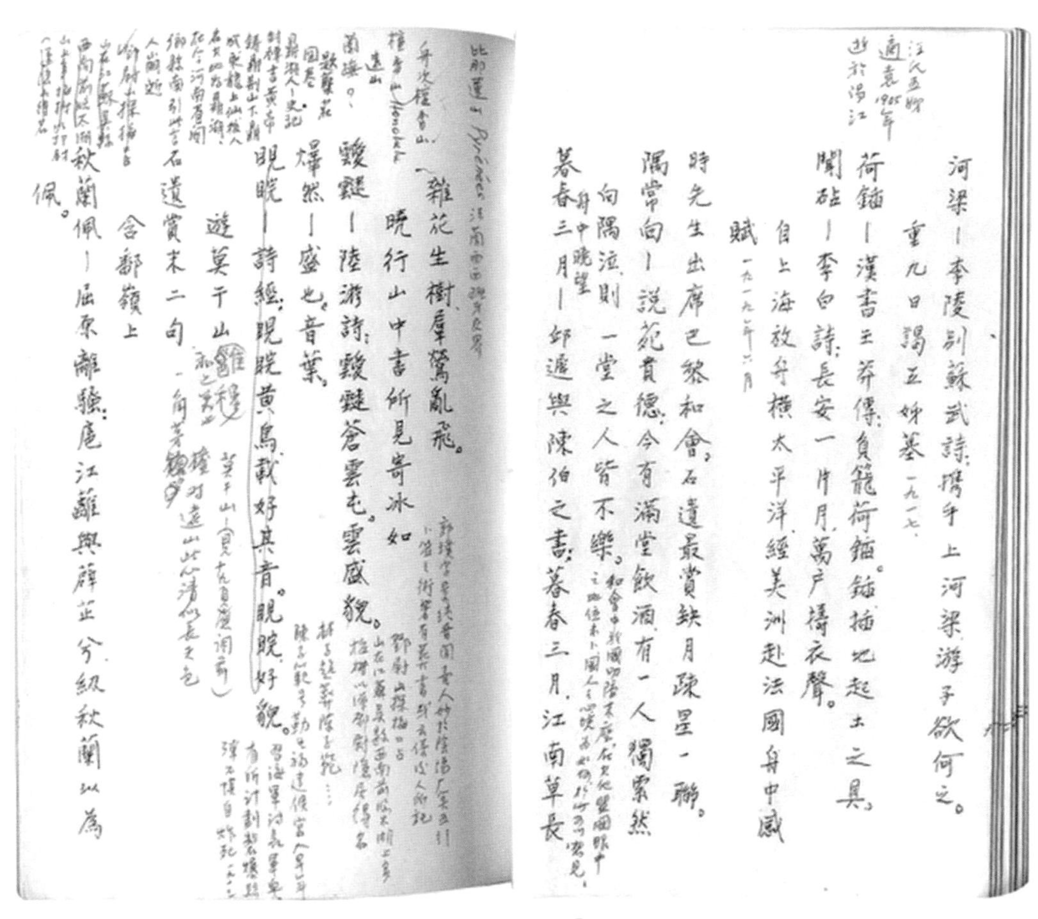
河梁—李陵別蘇武詩：攜手上河梁，游子欲何之。
重九日謁五妣墓 一九一七
荷鍤—漢書王莽傳：負籠荷鍤。鍤插地起土之具。
闐砧—李白詩：長安一片月，萬戶擣衣聲。
自上海放舟橫太平洋經美洲赴法國舟中感賦 一九一九年六月
時先生出席巴黎和會，石遺最賞缺月疎星一聯。
隅當向—說苑貴德：今有滿堂飲酒，有一人獨索然向隅泣，則一堂之人皆不樂。
暮春三月—邱遲與陳伯之書：暮春三月，江南草長，雜花生樹，羣鶯亂飛。
曉行山中書所見寄冰如
靉靆—陸游詩：靉靆蒼雲屯。雲盛貌。
燁然—盛也。音葉。
睍睆—詩經：睍睆黃鳥，載好其音。睍睆，好貌。
遊莫干山
遺賞未二句
含鄱嶺上
秋蘭佩—屈原離騷：扈江離與薜芷兮，紉秋蘭以為佩。

何孟恆《雙照樓詩詞藁》「讀後記」手稿

的詮釋，不過把抄錄的逐題列舉，希望替後來的讀者節省一點翻檢的時間罷了。錯漏的地方，希望有人隨時提出改正，不勝企盼之至。

•

何孟恆，本名何文傑，筆名江芙，廣東中山人，妻汪文惺是汪精衛的長女。南京國民政府期間擔任陳璧君的秘書。抗戰後在老虎橋監獄待了兩年半，及後與妻女赴港，並進入香港大學植物系任實驗室主任。二〇一〇年與妻子創辦了汪精衛紀念託管會。是次系列得以出版，有賴何孟恆書寫、謄抄、分析、研究及整理的資料，其著作還有《何孟恆雲煙散憶》以及《汪精衛生平與理念》。

小休集

小休集序

詩云：「民亦勞止，汔可小休。」旨哉斯言。人生不能無勞，勞不能無息，長勞而暫息，人生所宜然，亦人生之至樂也。而吾詩適成於此時，故吾詩非能曲盡萬物之情，如禹鼎之無所不象，溫犀之無所不照也。特如農夫樵子，偶然釋耒弛擔，相與坐道旁樹蔭下，微吟短嘯，以忘勞苦於須臾耳，因即以小休名吾集云。

汪兆銘精衛自序[31]

31 手稿見《汪精衛詩詞彙編》下冊頁4。

小休集卷上

重九游西石巖

巖在廣東樂昌縣城西北

笑將遠響答清吟・葉在攲巾酒在襟・天淡雲霞自明媚・林空巖壑更深沈・茱萸棖觸思親感・碑版勾留考古心・咫尺名山時入夢・偶逢佳節得登臨・[32]

此十四歲時所作

◎題註：民元前十五年，歲在丁酉，西曆一八九七年，作者母吳太夫人，父省齋名琡，均於前兩年內相繼逝世。作者時年十四，隨長兄憬吾名兆鏞，客居廣東省樂昌縣。

攲巾一指帽上佩巾不正。范成大〈兩木〉：「頷髭爾許長，大笑攲巾冠。」

茱萸一植物名。《續齊諧記》：九月九日縫囊盛茱萸繫臂，登高飲菊花酒，可以除禍。唐王維〈九月九日憶山東兄弟〉：「遙知兄弟登高處，遍插茱萸少一人。」

棖觸一棖音橙（caang4），觸動之意。心有感動也。

被逮口占

以下民國紀元前二年北京獄中所作

○必背

啣石成癡絕・滄波萬里愁・孤飛終不倦・羞逐海鷗浮・

姹紫嫣紅色・從知渲染難・他時好花發・認取血痕斑・

慷慨歌燕市・從容作楚囚・引刀成一快・不負少年頭・

留得心魂在・殘軀付劫灰・青燐光不滅・夜夜照燕臺・[33]

◎題註：一九一〇年（庚戌）作。一九一〇年春，作者入北京謀刺攝政王，事敗入獄。道出「精衛」由來。

---

32 手稿見《汪精衛詩詞彙編》下冊頁5。

33 手稿見《汪精衛詩詞彙編》下冊頁6。

啣石—《山海經》：發鳩之山有鳥名精衛，常啣西山木石以堙於東海。《述異記》：「昔炎帝女溺死東海中，化為精衛，其名自呼。」

燕市—本指戰國時代燕國的市場，《史記．刺客列傳》：「荊軻嗜酒，日與狗屠及高漸離飲於燕市。」

楚囚—《左傳．成公九年》：「晉侯觀於軍府，見鐘儀。問之曰：『南冠而縶者，誰也？』有司對曰：『鄭人所獻楚囚也。』」

青燐—謂骸骨夜間發出之燐光。

雜詩

忘卻形骸累•靈臺自曠然•狷懷得狂趣•新理出陳編•霜鬢侵何易•冰心抱自堅•舉頭成一笑•雲淨月華妍•[34]

靈臺—靈府，心也。禪宗五祖弘忍弟子神秀偈云：「身是菩提樹，心如明鏡臺。時時勤拂拭，勿使惹塵埃。」

狷懷狂趣—《論語．子路》：「不得中行而與之，必也狂狷乎！狂者進取，狷者有所不為也。」又稱：狷介也。耿介自守，不與人苟合也。《晉書．向秀傳》：「以為巢許狷介之士，未達堯心，豈足多慕。」

冰心—高潔不俗之心。

獄中雜感

○必背

西風庭院夜深沈•徹耳秋聲感不禁•伏櫪驊騮千里志•經霜喬木百年心•南冠未改支離態•畫角中含激楚音•多謝青燐慰岑寂•殘宵猶自伴孤吟•

煤山雲樹總淒然•荊棘銅駝幾變遷•行去已無乾淨土•憂來徒喚奈何天•瞻烏不盡林宗恨•賦鵩知傷賈傅年•一死心期殊未了•此頭須向國門懸•[35]

34 手稿見《汪精衛詩詞彙編》下冊頁8。

35 手稿見《汪精衛詩詞彙編》下冊頁9。

◎題註：道出「千里志，百年心」，國事不甘一死以了之。

伏櫪—《魏武帝・樂府》：「老驥伏櫪，志在千里。」

支離—披散無序貌。

煤山—即北京景山。明思宗崇禎殉國於此。

荊棘銅駝—《晉書・索靖傳》：「靖有先識遠量，知天下將亂，指洛陽宮門銅駝，歎曰：『會見汝在荊棘中耳！』」

乾淨土—咸淳十年元兵大舉伐宋，汪立信與賈似道遇，似道問立信何向？立信回：「今江南無一寸乾淨地，某去尋一片趙家地上死，要死得分明爾。」

瞻烏—《後漢書・郭太傳》：「太傅陳蕃、大將軍竇武為閹人所害，林宗哭之於野，慟。既而歎曰：『人之云亡，邦國殄瘁』。『瞻烏爰止，不知于誰之屋』耳。」喻國亂而民失所也。

賦鵩—漢賈誼謫長沙。見鵩鳥而自以為壽不得長，乃為賦以自廣。

有感

○必背

憂來如病亦綿綿・一讀黃書一泫然・瓜蔓已都無可摘・豆萁何苦更相煎・笳中霜月淒無色・畫裏江城黯自憐・莫向燕臺回首望・荊榛零落帶寒煙・[36]

◎題註：讀作者謀刺攝政王前留別孫中山先生書[37]，當知詩中定有所指。「豆萁」句可與此同讀。

黃書—宋時印書用黃紙以防蠹敗。

瓜蔓— 明建文遺臣景清謀刺成祖，為恵帝復仇。事敗伏誅，「籍其鄉，轉相攀染，謂之『瓜蔓抄』。」言滿清追捕革命志士，牽連甚廣。

豆萁—魏曹植〈七步詩〉：「煮豆燃豆萁，豆在釜中泣。本是同根生，相煎何太急？」

36 手稿見《汪精衛詩詞彙編》下冊頁11。

37 全文參閱本系列《汪精衛政治論述》匯校本上冊，頁49–50。

詠楊椒山先生手所植榆樹

○必背

樹猶如此況生平・動我蒼茫思古情・千里不堪聞路哭・一鳴豈為令人驚・疏陰落落無蟠節・枯葉蕭蕭有恨聲・寥寂階前坐相對・南枝留得夕陽明・[38]

附記

椒山先生以劾嚴嵩下獄就義之歲手所植榆樹適活數百年來無敢毀之者相傳有神怪殆有心人藉此以存甘棠之愛也余所居獄室門前正對此樹朝夕相接民國六年重遊北京獄舍已剷為平地惟此樹巋然獨存

◎題註：第一聯道出主旨。楊椒山為楊繼盛號。

路哭—見於《五朝名臣言行錄》：宋范仲淹：「一家哭何如一路哭。」

一鳴—《史記 · 滑稽列傳》：「不飛則已，一飛冲天；不鳴則已，一鳴驚人。」

中夜不寐偶成

飄然御風遊名山・吐噏嵐翠陵孱顏・又隨明月墮東海・吹噓綠水生波瀾・海山蒼蒼自千古・我於其間歌且舞・醒來倚枕尚茫然・不識此身在何處・三更秋蟲聲在壁・泣露欷風自啾唧・羣鼾相和如吹竽・斷魂欲啼淒復咽・舊遊如夢亦迢迢・半炧寒鐙影自搖・西風贏馬燕臺暗・細雨危檣瘴海遙・[39]

◎題註：末二句意有所指，與獄中所作〈金縷曲〉「跋涉關河」句同。瘴海意指南洋。作者與夫人初遇於馬來亞之庇能（檳榔嶼）。謀刺攝政王前有〈與南洋同志書〉。[40]

炧—鐸我切，音柁（to5），哿韻。燈燼也。

38 手稿見《汪精衛詩詞彙編》下冊頁12。

39 手稿見《汪精衛詩詞彙編》下冊頁14。

40 全文參閱本系列《汪精衛政治論述》匯校本上冊，頁46–48。

秋夜

○必背

落葉空庭夜籟微・故人夢裏兩依依・風蕭易水今猶昨・魂度楓林是也非・入地相逢雖不愧・擘山無路欲何歸・記從共灑新亭淚・忍使啼痕又滿衣・[41]

此詩由獄卒輾轉傳遞至冰如手中冰如持歸與展堂等讀之伯先每讀一過輒激昂不已然伯先今已死矣附記於此以誌腹痛

籟一凡音之發自孔竅者皆曰籟。

易水一荊軻謀刺秦王，行前別於易水之濱。歌曰：「風蕭蕭兮易水寒，壯士一去兮不復還。」《南社詩話》中提到：朱執信於汪氏入京謀刺攝政王行前贈以〈代古決絕辭〉及〈代答〉。並謂〈秋夜〉詩中所云「風蕭易水今猶昨」者，意即指執信此詩。[42]

楓林一唐杜甫〈夢李白〉詩：「魂來楓林青，魂返關塞黑。」當時獄中頻傳革命黨人死事。

擘山一《孔子・龜山操》：「予欲望魯兮，龜山蔽之。」言欲擘山以望故國也。

新亭淚一《世説新語・言語》：「過江諸人，每至美日，輒相邀新亭，藉卉飲宴。周侯中坐而歎曰：『風景不殊，正自有山河之異！』皆相視流淚。唯王丞相愀然變色曰：『當共勠力王室，克復神州，何至作楚囚相對？』」

夢中作

朅來荒島上・極目海天明・心與孤帆遠・身如一棹輕・浪花分日影・石筍咽湍聲・漠漠平煙外・翛然白鷺橫・[43]

◎題註：樓主以獨漉詩句「白鷺飛閒世，青天入曠懷」請齊白石用白芙蓉石刻為印章。（晚明清初詩人陳恭尹號「獨漉子」。）

朅來一猶去來也。

翛然一無牽係貌。

41 手稿見《汪精衛詩詞彙編》下冊頁16。

42 全文參閱汪精衛紀念託管會編，《汪精衛南社詩話》增訂本第四則。

43 手稿見《汪精衛詩詞彙編》下冊頁17。

大雪

凍雲沈沈作天幕·直令萬象沈寥廓·朝來開戶忽大叫·瓊樓玉宇來相照·曇空自漠漠·四野何茫茫·飄如扁舟凌滄浪·銀濤萬頃搖光芒·又如花時歸故鄉·玉田藹藹素馨香·六花霏霏已奇絕·絢以朝霞助明滅·千里一白無纖塵·欲與冰壺爭皎潔·王母瓊漿真可咽·謝公屐齒應知惜·如何棄擲道路隅·遂令泥土同狼藉·吁嗟乎莫怨雪成泥·雪花入土土膏肥·孟夏草木待爾而繁滋·[44]

◎題註：從棄擲道旁殘雪道出黨人懷抱。結句數語亦「微雲閉月」、「殘葉辭枝」意境。[45]結句亦龔定盦「化作春泥更護花」之意。革命先烈林時爽「護林殘葉忍辭枝」亦是此意。

謝公屐齒—南朝謝靈運好登山，其屐利行，此以喻出遊。《宋書 · 謝靈運列傳》：「登躡常著木履，上山則去前齒，下山去其後齒。」

※ 評論：侯官陳石遺《詩話續編》錄「飄如扁舟凌滄浪」四句。

見梅花折枝

家在嶺之南·見梅不見雪·時將皴玉姿·虛擬飛瓊色·秖今雪窖中·卻斷梅消息·忽逢一枝斜·相對歎奇絕·乃知雨雪來·端為梅花設·煙塵一掃盡·皎皎出寒潔·清輝妙相映·秀色如可掇·香隨心共澹·影與神俱寂·藹藹含春和·稜稜見秋烈·俠士蘊沖抱·美人負奇節·孤根竟何處·念此殘枝折·忽憶珠江頭·花時踏寒月·[46]

◎題註：梅花之藹藹，冰雪之稜稜，比譬俠士義人之志結。結句回憶家在珠江頭時屬寒梅節。

皴玉姿—皴，畫山石染擦之法。形容梅花姿態如玉，彷彿畫成。

蘊沖抱—內藏曠闊淡泊之懷抱。

---

44 手稿見《汪精衛詩詞彙編》下冊頁18。

45 出自林時爽無題詩，全詩參閱《汪精衛南社詩話》增訂本第二十六則。

46 手稿見《汪精衛詩詞彙編》下冊頁20。

寒夜背誦古詩至波瀾誓不起妾心古井水美其詞意為進一解

止水既無滓・流水亦無頗・渟為百尺潭・蕩為千層波・娟娟月自永・習習風微和・泠然識此意・欲和滄浪歌・[47]

頗一〈離騷〉：「循繩墨而不頗。」傾也，不平也。

渟一水止也。

蕩一水流動也。

滄浪歌一《孟子・離婁》：「滄浪之水清兮，可以濯我纓。滄浪之水濁兮，可以濯我足。」

見人析車輪為薪為作此歌

○必背　*必讀

年年顛蹶關山路・不向崎嶇歎勞苦・只今困頓塵埃間・倔強依然耐刀斧・輪兮輪兮・生非徂徠新甫之良材・莫辭一旦為寒灰・君看擲向紅鑪中・火光如血搖熊熊・待得蒸騰薦新稻・要使蒼生同一飽・[48]

◎題註：讀「雙照樓」詩，無有不受〈被逮口占〉所感激舞動者。而「析車輪為薪」則最能道出革命黨人之胸懷。結句並見〈革命之決心〉。可與之同讀。

徂徠、新甫一兩名山，出良材，俱在山東。

薦一舉而進之，獻也，陳也。

除夕

○必背

今夕復何夕・圜扉萬籟沈・孤懷戀殘臘・幽思發微吟・積雪均夷險・危松定古今・春陽明日至・不改歲寒心・

47 手稿見《汪精衛詩詞彙編》下冊頁22。

48 手稿見《汪精衛詩詞彙編》下冊頁23。

悠悠一年事・歷歷上心頭・成敗亦何恨・人天無限憂・河山餘磊塊・風雨滌牢愁・自有千秋意・韶華付水流・[49]

◎題註：不改歲寒心。自有千秋意，成敗亦何所恨也。

圜扉—獄門。其例類於圜牆。《漢書・司馬遷傳》：「幽於圜牆之中。」指牢獄。

※評論：陳石遺云：東坡之夢繞雲山，魂飛湯火，有恐怖意。椒山之風吹枷鎖，簇簇爭看，有氣矜意。精衛〈被逮口占〉、〈獄中雜感〉、〈秋夜〉、〈中夜不寐偶成〉及〈除夕〉諸詩，自來獄中之作，不過如駱丞、坡公，用南冠、牛衣等事。若此一起破空而來，終接混茫，自在游行，直不知身在囹圄者，得未曾有。

獄簷偶見新綠口占

初日枝頭露尚涵・春光如酒亦醰醰・青山綠水知何似・愁絕風前鄭所南・[50]

◎題註：鄭所南臨命慨嘆「滿眼青山綠水，所南何以為情。」[51]

醰醰—味醇厚也。西漢王褒〈洞簫賦〉：「哀悁悁之可懷兮，良醰醰而有味。」

鄭所南—宋人，不肯事元，因名所南。畫蘭不畫土，謂已為番人奪去。臨命慨嘆「滿眼青山綠水，所南何以為情哉。」

晚眺

斜陽如胭脂・林木盡渲染・秀色自天然・桃李失其豔・白雲亦融洽・娟娟作霞片・晴空淨如拭・著此三兩點・春光如故人・醇醪醉深淺・感此太和心・臨風相繾綣・[52]

---

49 手稿見《汪精衛詩詞彙編》下冊頁24。

50 手稿見《汪精衛詩詞彙編》下冊頁25。

51 汪精衛曾自述此詩之意，內容請參閱《汪精衛南社詩話》增訂本第五則。

52 手稿見《汪精衛詩詞彙編》下冊頁26。

太和心—《易．乾》：「保合大和，乃利貞。」疏：「純陽剛暴，若無和順，則物不得利，又失其正，以能保安合會大和之道，乃能利貞於萬物。」太，古與「大」同，後人多襲用作太和。太和，沖和之氣與天地同和。

繾綣—音遣勸（hin2 hyun3），牢固相著之意，不相離也。

春晚

向晚微風和・斜月明天邊・流雲受餘豔・漾作晴霞妍・長空舒霽碧・光景涵清鮮・感此春氣好・閒階自流連・衆鳥相往還・飛鳴時翩翩・如何我與君・離思徒纏綿・相去不咫尺・邈如隔雲煙・娟娟明月影・故故向人圓・何當若流星・一閃至君前・[53]

※評論：陳石遺賞錄首四句。

獄中聞溫生才刺孚琦事

血鍾英響滿天涯・不數當年博浪沙・石虎果然能沒羽・城狐知否悔磨牙・鬚銜劍底情何暇・犀照磯頭語豈誇・長記越臺春欲暮・女牆紅遍木棉花・[54]

溫生才—革命先烈，刺殺清將軍孚琦，以身殉。

博浪沙—張良擊秦王於博浪沙，未成。《史記．留侯世家》：「秦皇帝東游，良與客狙擊秦皇帝博浪沙中，誤中副車。」

石虎—李廣宵行，見巨石，疑為虎，彎弓射之。平明尋視，矢沒石稜中。

城狐—《晉書．謝鯤傳》：「敦將為逆，謂鯤曰：『劉隗奸邪，將危社稷。吾欲除君側之惡，匡主濟時，何如？』對曰：『隗誠始禍，然城狐社鼠也。』」

鬚銜劍底—《後漢書．獨行傳．溫序》：溫序為隗囂將所拘劫，令使從己，序不從，囂將賜之劍，使自裁。「序受劍，銜鬚於口，顧左右曰：『既為賊所迫殺，無令鬚汙土。』遂伏劍而死。」

53 手稿見《汪精衛詩詞彙編》下冊頁27。

54 手稿見《汪精衛詩詞彙編》下冊頁28。

犀照磯頭—晉温嶠至牛渚磯，燃犀角下照，見水族覆火，奇形異狀；或乘馬車，着赤衣者。後人借為洞燭幽微之義。

越臺—越王臺在廣州越秀山，漢南越尉趙佗築。

女牆—城上垣曰女牆，亦曰睥睨。

辛亥三月二十九日廣州之役余在北京獄中偶聞獄卒道一二未能詳也詩以寄感

○必背

欲將詩思亂閒愁·卻惹茫茫感不收·九死形骸慚放浪·十年師友負綢繆·殘鐙難續寒更夢·歸雁空隨欲斷眸·最是月明鄰笛起·伶俜吟影淡于秋·

珠江難覓一雙魚·永夜愁人慘不舒·南浦離懷雖易遣·楓林噩夢漫全虛·鵑魂若化知何處·馬革能酬愧不如·淒絕昨宵鐙影裏·故人顏色漸模糊·[55]

◎題註：一九一一年作。參閱「故人故事」—張江裁《汪精衛先生行實錄》。

九死—〈離騷〉：「雖九死其猶未悔。」九，數之極也。

形骸—猶言形體。東晉王羲之〈蘭亭序〉：「放浪形骸之外。」

綢繆—纏綿也。《詩經．唐風．綢繆》：「綢繆束薪，三星在天。今夕何夕，見此良人。」結縛也。

伶俜—單孑飄零貌。晉潘岳〈寡婦賦〉：「少伶俜而偏孤兮。」

一雙魚—〈文選．飲馬長城窟行〉：「客從遠方來，遺我雙鯉魚；呼僮烹鯉魚，中有尺素書。」

南浦—江淹〈別賦〉：「送君南浦，傷如之何！」

鵑魂—杜鵑本名鵑，鳥類。相傳為古蜀帝杜宇之魂所化。

馬革—《後漢書．馬援傳》：「男兒要當死於邊野，以馬革裹屍還葬耳。」

55 手稿見《汪精衛詩詞彙編》下冊頁29。

辛亥三月二十九日廣州之役余在北京獄中聞展堂死事為詩哭之纔成三首復聞展堂未死遂輟作

○**必背**（第一、第二聯）

馬革平生志・君今幸已酬・卻憐二人血・不作一時流・忽忽餘生恨・茫茫後死憂・難禁十年事・潮上寸心頭。

落落初相見・無言意已移・弦韋常互佩・膠漆不曾離・杜鑱朝攜處・韓檠夜對時・歲寒樂相共・情意勝連枝。

日日中原事・傷心不忍聞・賦懷徒落落・過眼總紛紛・蝙蝠悲名士・蜉蝣歎合羣・故園記同眺・愁絕萬重雲。[56]

◎題註：參閱《南社詩話》。二人相交相分值得研究。[57]

弦韋—《韓非子・觀行》：「西門豹之性急，故佩韋以自緩；董安于之心緩，故佩弦以自急。」韋，皮繩也。

膠漆—《史記・蔡澤傳》：「與有道之士為膠漆。」喻深交也。

杜鑱—杜甫〈乾元中寓居同谷縣作歌七首衍文〉其二：「長鑱長鑱白木柄，我生托子以為命。」

韓檠—韓愈有〈短燈檠歌〉。檠，燈架也。此喻夜讀。

蝙蝠—居鳥獸之間，所謂騎牆派是也。

蜉蝣—生命至短，喻合群不克持久。

感懷

○**必背**

士為天下生・亦為天下死・方其未死時・怦怦終不已・宵來魂躍躍・一驚三萬里・山川如我憶・相見各含睇・願言發清音・一為洗塵耳・醒來思如何・斜月淡如水・[58]

56 手稿見《汪精衛詩詞彙編》下冊頁31。

57 內容請參閱《汪精衛南社詩話》增訂本。

58 手稿見《汪精衛詩詞彙編》下冊頁33。

鶩—東西交馳也。又疾速也，強也。

含睇—微眄，斜視也。《楚辭 · 九歌 · 山鬼》：「既含睇兮又宜笑。」

述懷

○**必背** ＊**必讀**

形骸有死生·性情有哀樂·此生何所為·此情何所託·嗟余幼孤露·學殖苦磽确·蓼莪懷辛酸·菜根甘澹泊·心欲依墳塋·身欲棲巖壑·憂患來薄人·其勢疾如撲·一朝出門去·萬里驚寥落·感時積磊塊·頓欲忘疏略·鋒鋩未淬厲·持以試盤錯·蒼茫越關山·暮色照行橐·瘴雨黯蠻荒·寒雲蔽窮朔·山川氣悽愴·華采亦銷鑠·愀然不敢顧·俯仰有餘怍·遂令新亭淚·一灑已千斛·回頭望故鄉·中情自惕若·尚憶牽衣時·謬把歸期約·蕭條庭前樹·上有慈烏啄·孤姪襁褓中·視我眸灼灼·兒乎其已喻·使我心如斫·泬泬此一別·贌有夢魂噩·哀哉衆生病·欲救無良藥·歌哭亦徒爾·搔爬苦不着·針砭不見血·痿痺何由作·驅車易水傍·嗚咽聲如昨·漸離不可見·燕市成荒寞·悲風天際來·驚塵暗城郭·萬象刺心目·痛苦甚炮烙·恨如九鼎壓·命似一毛擢·大椎飛博浪·比戶十日索·初心雖不遂·死所亦已獲·此時神明靜·蕭然臨湯鑊·九死誠不辭·所失但軀殼·悠悠檻穽中·師友嗟已邈·我書如我師·對越凜矩矱·昨夜我師言·孺子頗不惡·但有一事劣·昧昧无由覺·如何習靜久·輒爾心躍躍·有如寒潭深·潛虯自騰轢·又如秋飆動·鷙鳥聳以愕·百感紛相乘·至道終隔膜·悚息聞師言·愧汗駭如濯·平生慕慷慨·養氣殊未學·哀樂過劇烈·精氣潛摧剝·餘生何足論·魂魄亦已弱·痌瘝耿在抱·涵泳歸沖漠·琅琅讀西銘·清響動寥廓·[59]

◎題註：作者以詩筆自寫傳略，自道平生，敍述其思想學養，及獻身革命之心路歷程。應與〈見人析車輪為薪為作此歌〉、〈冰如手書陽明先生……〉等詩、〈自述〉及〈革命之決心〉等文同讀。

59 手稿見《汪精衛詩詞彙編》下冊頁34。

學殖—《左傳．昭公十八年》：「夫學，殖也。」註：殖，生長也。學問之增長也。

磽确—不墾之土，瘠薄之地。

蓼莪—《詩經．小雅．谷風》：「蓼蓼者莪，匪莪伊蒿。哀哀父母，生我劬勞。」孝子痛不得終養也。

疏略—疏，條列記注之冊。略，方略兵書之文。此處泛指書冊。

盤錯—盤根錯節。

銷鑠—鎔化也。《文選．枚乘．七發》：「雖有金石之堅，猶將銷鑠而挺解也。」鑠，式約切，音爍（soek3），並互通。

愀然—愁貌。《國語．楚語》：「子木愀然。」

怍—慚也，色變也。音昨（zok6）。

惕—憂懼也。

牽衣—惜別也。

慈烏—烏之一種，以知反哺，故名。又名慈鴉。作者少孤，寡嫂，二兄兆鋐妻崔氏撫之如己出。所謂長嫂如母也。

孤姪—謂仲兄兆鋐子宗湜，字彥方。

漸離—高漸離，戰國燕人。善擊筑，與荊軻友善。荊軻死，繼其志，置鉛筑中，撲秦皇。不中，被殺。

炮烙—古酷刑。

博浪—張良使力士椎擊秦始皇於博浪沙，中其副車。

比戶—猶每戶也。

矩矱—《楚辭．哀時命》：「上同鑿枘於伏戲兮，下合矩矱於虞唐。」矩矱，法度也。

虬—奇由切（kau4）。龍子有角者。

騰轢—跳躍陵踐。轢，音歷（lik6）。

飆—暴風也，音標（biu1）。

鷙鳥—鳥之猛者。音至（zi3）。

悚息—恐懼喘息。

痌瘝—痛及病。

涵泳—《文選．左思．吳都賦》：「涵泳乎其中。」沉浸領悟也。

沖漠—虛空清靜也。

西銘—宋張載撰《西銘》六卷。《近思錄》云：「橫渠學堂雙牖，右書『訂頑』，左書『砭愚』。」程伊川後改為《西銘》及《東銘》。又云《西銘》之書推理以存義，擴前賢所未發。與孟子「性善養氣」之論同功。朱熹為之註解。

寥廓—寬廣之義。《漢書 · 司馬相如傳》：「猶焦明已翔乎寥廓之宇。」此處指寬廣之周圍也。

獄卒持山水便面索題

○必背

西風無地著蘭根・未讀黃書已斷魂・細雨瀟瀟夢何處・江東雲樹擁孤村・[60]

無地著蘭根—鄭所南畫蘭不畫土，謂已為番人奪去。

登鼓山

以下民國元年

登山如登雲・盤紆千仞上・寥寥萬松陰・惟聽疎蟬響・[61]

◎題註：民元（一九一二）七八月間作者至福州過訪方君瑛、曾醒諸同志時作。

鼓山—在福建閩侯縣東。頂有巨石如鼓，故名。

太平山聽瀑布

山在南洋馬來半島

山徑無人燕自鳴・椰陰瑟瑟弄新晴・隔林遙聽潺湲起・猶作宵來風雨聲・

60 手稿見《汪精衛詩詞彙編》下冊頁38。

61 手稿見《汪精衛詩詞彙編》下冊頁39。

泠然清籟在幽深・如見畸人萬古心・流水高山同一曲・天風惠我伯牙琴・

雙峽如花帶雨開・臨流顧影自徘徊・幾疑天上銀河水・來作人間玉鏡臺・

一片淪漪不可收・和煙和雨總無愁・何當化作巖中石・一任清泉自在流・[62]

◎題註：同年（一九一二）秋，作者夫婦同過南洋檳榔嶼省親作。

印度洋舟中

低首空濛裏・心隨流水喧・此生原不樂・未死敢云煩・淒斷關河影・蕭條羇旅魂・孤蓬秋雨戰・詩思倩誰溫・

鐙影殘宵靜・濤聲挾雨來・風塵隨處是・懷抱幾時開・肱已慚三折・腸徒劇九迴・勞薪如可爇・未敢惜寒灰・[63]

◎題註：似屬二次革命失敗後赴歐就醫舟中作。革命家要富貴不能淫，貧賤不能移，威武不能屈之外，並須不憚炊。

肱三折—《左傳・定公十三年》：「三折肱知為良醫。」屢受挫折也。

勞薪—《晉書・荀勖傳》：荀勖在帝坐進飯，謂在坐人曰，此勞薪所炊。帝問膳夫，乃曰，實用故車腳。按車以運載，而腳最勞。用以為薪，故云。

舟泊錫蘭島至古寺觀臥佛憩寺前大樹下導者云此樹已二千年佛曾坐其下說法

寺前有奇樹・婆娑二千年・枝條方秀發・馨香因風傳・我來坐其下・久久已忘言・梵唄來空壇・其聲柔以緜・感此傷我心・哀吟

62 手稿見《汪精衛詩詞彙編》下冊頁40。

63 手稿見《汪精衛詩詞彙編》下冊頁42。

滿山川·回頭問臥佛·爾乃能安眠·問佛佛不應·自問亦茫然·荒山曠無人·玄雲渺無邊·嗒然俯潭影·輕陰蕩清圓·[64]

◎題註：〈印度洋舟中〉、〈舟泊錫蘭島至古寺觀臥佛憩寺前大樹下導者云此樹已二千年佛曾坐其下説法〉為作者民元秋去國途中所作。中有「此生原不樂，未死敢云煩」、「勞薪如可爇，未敢惜寒灰」及「問佛」、「自問」等句，則知其未能恝然置身國事之外。赴法求學，以待將來，似未足以解釋此際之心情。山川如此，何以能安？

婆娑—本指舞態，此指扶疏披散之貌。

梵唄—梵土之讚頌也。

嗒然—《莊子．齊物論》：「嗒焉似喪其耦。」解體貌。

曉煙

以下民國三年

槲葉深黃楓葉紅·老松奇翠欲拏空·朝來別有空濛意·只在蒼煙萬頃中·

初陽如月逗輕寒·咫尺林原成遠看·記得江南煙雨裏·小姑鬟影落春瀾·[65]

◎題註：民國三年（一九一四）夏，二次革命失敗後復至法國，秋間作。

小姑—一名小孤，山名，在長江中。

晚眺

緜緜遠樹低·渺渺長河直·新月受餘霞·流光如琥珀·[66]

64 手稿見《汪精衛詩詞彙編》下冊頁43。

65 手稿見《汪精衛詩詞彙編》下冊頁44。

66 手稿見《汪精衛詩詞彙編》下冊頁45。

晚眺

蕭瑟郊原蘆荻風・予懷渺渺淡烟中・斜陽入地無消息・惟見餘霞一抹紅・[67]

歐戰既起避兵法國東北之閬鄉時已秋深益以亂離景物蕭瑟出門偶得長句

修竹三竿小閣前・平臺一角屋西偏・園荒知為耰耡棄・地僻應無烽火傳・宿霧初陽涼似月・迴風斜雨蕩如煙・秋來未便悲搖落・卻為黃花一悵然・

下帷長日未窺園・偶趁秋晴出郭門・風景不殊空太息・江山如此更何言・殘陽在地林鴉亂・廢壘無人野兔蹲・欲上危樓還卻步・怕將病眼望中原・[68]

◎題註：德軍自東北入侵，避兵當向西走，「東北」疑誤。

閬鄉—Nantes，在巴黎西北。

紅葉

○必背

不成絢爛只蕭疎・攜酒相看醉欲扶・得似武陵三月暮・桃花紅到野人廬・

無定河邊日已昏・西風刀翦更銷魂・丹楓不是尋常色・半是啼痕半血痕・[69]

◎題註：一九一四年秋作。

67 手稿見《汪精衛詩詞彙編》下冊頁46。

68 手稿見《汪精衛詩詞彙編》下冊頁47。

69 手稿見《汪精衛詩詞彙編》下冊頁49。

絢爛—光采眩目貌。金元好問〈下黃榆嶺〉詩：「東崖劫火餘，絢爛開錦纈。」

武陵—東晉陶潛〈桃花源記〉，武陵漁人誤入桃花源，遇秦時避兵者之後。

無定河—出綏遠，經陝西入黃河。亦即桑乾河。唐陳陶〈隴西行〉：「可憐無定河邊骨，猶是春閨夢裏人。」

再賦紅葉

澹秋顏色勝穠春・卻為飄零暗愴神・風妒霜憐兩無謂・不辭汎菊慰靈均・[70]

靈均—屈原。

三賦紅葉

刬地西風萬木殘・滋蘭樹蕙悔無端・楓林不是湘妃竹・誰染啼痕點點斑・[71]

湘妃竹—竹之有斑紋者。《博物志》：「堯之二女，舜之二妃，曰湘夫人，舜崩，二妃啼，以淚揮竹，竹盡斑。」

四賦紅葉

疎林亦有斜陽意・都為將殘分外妍・留得娟娟好顏色・不辭岑寂晚風前・[72]

70 手稿見《汪精衛詩詞彙編》下冊頁49。

71 手稿見《汪精衛詩詞彙編》下冊頁50。

72 手稿見《汪精衛詩詞彙編》下冊頁50。

坐雨

荒原遠樹欲浮天・黃葉聲中意渺然・為問閒愁何處去・西風吹雨已如煙・[73]

譯佛老里昂寓言詩一首

東風和且平・衆木繁其枝・夜來有微雨・初日還遲遲・在此春光中・不樂將何為・東顧有牧場・碧草生離離・一羊蹶而趨・一犬還相隨・宛然兄若妹・情好相依依・阿妹今不歡・流淚如綆縻・嗚咽語阿兄・吾生其何之・我聞造物者・用意無偏私・跂行與喙息・所適惟其宜・如何兄與我・長日為人羈・阿兄啖餘糧・辛勤守房幃・晝防暴客至・夕畏穿窬窺・小變起不虞・生死還相持・何以報忠貞・惟有鞭與笞・主人有嬌子・蹴踏供娛嬉・慴伏敢枝梧・中嘶語阿誰・至今撫瘡痏・毛血猶參差・阿兄既不辰・阿妹尤童痴・捋我膚中毛・織彼篝中衣・奪我懷中乳・哺彼襁中兒・可憐曳行田・撾策來無時・雨淋與日炙・狼藉成枯骴・曉行庖廚下・碧血驚淋漓・羣饕口流沫・談笑酬號嘶・伯叔與諸姑・赫然在盤彝・死睫不敢看・驚趺不能移・投地有餘骨・封狼朵其頤・孤墳在何許・溝水流殘脂・生也為人奴・死也為人犧・皇皇此一息・命矣其何辭・阿兄聞妹言・憮然止其哭・弱者未云禍・強者未云福・與其作刀俎・毋寧為魚肉・[74]

佛氏此詩天下之自命為強者皆當愧死顧吾以為弱肉強食強者固有罪矣即弱者亦不為無罪罪惡之所以存於天地以有施者即有受者也苟無受者將於何施是又願天下之自承為弱者一思之也都朗有一山羊記述一小山羊遇一狼自分必死然與之惡鬥至力盡始已文甚奇妙而用意可與此詩相發明暇日當更譯之

綆縻—綆，汲索。縻，牛繮。形容淚下不絕之狀。

跂行—《漢書・禮樂志》：「跂行畢逮。」凡有足而行者稱跂行。

喙息—謂有口能息者。《漢書・公孫弘傳》：「跂行喙息，咸得其宜。」

73 手稿見《汪精衛詩詞彙編》下冊頁51。

74 手稿見《汪精衛詩詞彙編》下冊頁52。

穿窬—《論語·陽貨》：「其猶穿窬之盜也與？」謂穿壁踰牆以行竊者。

痏—瘡有斑痕者，音洧（fui2）。

篝—籠也。音溝（gau1）。

骴—腐骨之尚有肉者，音疵（ci1）。

饕—貪飲食者曰饕餮，音滔鐵（tou1 tit3）。

彝—盛器，音夷（ji4）。

趺—同跗，音膚（fu1），足背也。

朵其頤—動其面頰下頷。

犧—祭宗廟之牲。

憮然—茫然自失貌。

俎—祭享時載牲之器。

自都魯司赴馬賽歸國留別諸弟妹

○必背

十年相約共鐙光·一夜西風雁斷行·片語臨歧君記取·願將剛膽壓柔腸·[75]

都魯司—Toulouse，法國南部地名。

馬賽—Marseille，法國地中海港口。

六月與冰如同舟自上海至香港冰如上陸自九龍遵廣九鐵道赴廣州歸寧余仍以原舟南行舟中為詩寄之

以下四年

○必背

悵望孤煙裊驛樓·零丁我亦汎扁舟·天涯不用遙相問·一樣輪聲一樣愁·

75 手稿見《汪精衛詩詞彙編》下冊頁57。

一去匆匆太可憐·只餘巾影淡于煙·風帆終是無情物·人自回頭舟自前·

沈沈清夜欲生寒·倚遍迴闌意未安·遙想檐花鐙影裏·正攜小妹話團圞·

難得抛書一晌眠·夢回鐙蕊向人妍·此時情況誰知得·依舊濤聲夜拍船·[76]

◎題註：民國五年（一九一六）袁世凱覆滅後，作者以國事仍無可為，六月再度赴法。

鴉爾加松海濱作

以下五年

朝行松林中·初陽含芬芳·晚行松林中·新月生清涼·林外何所有·白沙浩如霜·沙外何所見·海水青茫茫·遙山三兩重·淡如紙屏張·明帆四五片·輕若沙鷗翔·海風以時來·松籟因之揚·和我讀書聲·空谷生琅琅·藉此碧苔茵·如在白雲鄉·清遊不可負·哦詩慚孟光·[77]

鴉爾加松—Arcachon，在法國西部，大西洋岸。

六年一月自法國渡海至英國復渡北海歷挪威芬蘭至俄國京城彼得格勒始由西伯利亞鐵道歸國時歐戰方亟耳目所接皆征人愁苦之聲色書一絕句寄冰如

以下六年

野帳冰風冷鬢鬚·鄜州明月又何如·天涯我亦仳離者·莫話深愁且讀書·[78]

76 手稿見《汪精衛詩詞彙編》下冊頁58。

77 手稿見《汪精衛詩詞彙編》下冊頁60。

78 手稿見《汪精衛詩詞彙編》下冊頁61。

鄜州明月—杜甫〈月夜〉詩：「今夜鄜州月，閨中只獨看。遙憐小兒女，未解憶長安。香霧雲鬟濕，清輝玉臂寒。何時倚虛幌，雙照淚痕乾。」

西伯利亞道中寄冰如

○必背

我如飛雪飄無定·君似梅花冷不禁·迴首時晴深院裏·滿裾疎影伴清吟·[79]

遊昌平陵

昌平園寢鬱參差·想見塵清漠北時·地老天荒終有恨·山環水抱亦無奇·銅駝魏闕蕪仍沒·石馬昭陵汗已滋·索與虬松同醉倒·不須惆悵讀碑辭·[80]

長陵殿前有一松偃地上俗稱之曰臥龍松旁植一碑清乾隆間製具道愛護勝朝陵寢之意

昌平陵—在河北省北平市之北。指明長陵，亦稱十三陵。

石馬—昭陵有唐太宗六駿石刻。

廣州感事

獵獵旌旗控上游·越王臺榭只荒邱·一枝漫向鷦鷯借·三窟誰為狡兔謀·節度義兒良有幸·相公曲子定無愁·過江名士多於鯽·祇恐新亭淚不收·[81]

◎題註：作於民國六年（一九一七）孫先生在廣州成立軍政府，擁護約法。作者自法返國響應。革命黨人棲身廣州，根基未固。當時趨附者多，然於國家無補。「節度義兒」、「相公曲子」二句所指自有其人，「節度義兒」所指疑為陳炯明，時為廣東省長；「相公曲子」為誰何，仍待考證。參閱

79 手稿見《汪精衛詩詞彙編》下冊頁62、329。

80 手稿見《汪精衛詩詞彙編》下冊頁63。

81 手稿見《汪精衛詩詞彙編》下冊頁64。

《南社詩話》第二十一則。[82]

節度義兒—安祿山為唐節度使，忮忍多智，厚結楊氏，自請為貴妃義兒。與楊國忠有隙，舉兵反。

相公曲子—和凝，五代人，官至中書侍郎，好為曲子詞，人稱「曲子相公」。

十二月二十八日雙照樓即事

○必背

雙照樓頭月色新•清輝如慶比肩人•梅花雪點溫詩句•疎影橫斜又滿身•[83]

◎題註：參閱「永泰版」一三頁〈西伯利亞道中寄冰如〉

※ 評論：陳石遺云：寫景之作。末句視香霧雲鬟，殆突過黃初矣。

舟出吳淞口作

以下七年

鐙影柁樓起夕陰•早秋涼氣感人心•愁生庾信江南賦•意遠成連海上琴•明月不來天寂寂•繁霜初下夜沈沈•塊然亦自成清夢•三兩疎星落我襟•[84]

◎題註：民國七年（一九一八）十二月十二日廣州軍政府政務會議選派出席歐洲和平會議代表，汪氏為其中之一員。翌年六月成行。

庾信—南北朝新野人。大軍南討，以才留仕長安。有鄉關之思，作〈哀江南賦〉。

成連—春秋時人，伯牙從學琴。留宿蓬萊山。成連刺船去，謂將為迎師。伯牙但聞海水崩析，山林窅冥，群鳥悲號。乃援琴而歌。曲成，遂為天下妙手。

塊然—孑然，孤獨也。

---

82 全文參閱本系列《汪精衛南社詩話》增訂本第二十一則。

83 手稿見《汪精衛詩詞彙編》下冊頁65、330。

84 手稿見《汪精衛詩詞彙編》下冊頁66。

冰如薄游北京書此寄之

○必背

坐擁書城慰寂寥·吹窗忽聽雨瀟瀟·遙知空闊煙波裏·孤棹方隨上下潮·

彩筆飛來一朵雲·最深情語最溫文·鐙前兒女依依甚·笑頰微渦恰似君·

北道風塵久未經·愁心時逐短長亭·歸來攜得西山秀·螺髻蛾眉別樣青·[85]

一朵雲—唐韋陟使侍妾主書記，陟惟署名。自謂所書陟字如五朵雲。今因謂書札為朵雲。

※ 評論：陳石遺云：此王安豐婦所謂「我不卿卿，誰當卿卿」。蘇若蘭所謂「非我佳人莫解」者。宋廣平「鐵石肝腸賦梅花」不足異矣。

展堂養痾江之島余往省之留十日歸舟中寄以此詩

平原秋氣正漫漫·步上河梁欲別難·彈指光陰彌可戀·積胸磊塊未能歡·巢成苦被飛鴞妒·露重遙知落雁寒·久立櫓聲帆影裏·不辭吹浪溼衣單·[86]

展堂—胡漢民字。

江之島—在日本東京之東。

河梁—西漢李陵〈與蘇武〉：「攜手上河梁，遊子暮何之。」

太平洋舟中玩月達爾文嘗云月自地體脫卸而出其所留之窪痕即今之太平洋也戲以此意搆為長句

地球一角忽飛去·留得茫茫海水平·卻化月華臨夜靜·頓令波影為秋清·單衣涼露盈盈在·短鬢微風颯颯生·斗轉參橫仍不寐·

85 手稿見《汪精衛詩詞彙編》下冊頁67。

86 手稿見《汪精衛詩詞彙編》下冊頁69。

要看霞采半天明。[87]

重九日謁五姊墓

倉猝別吾姊。從茲生死殊。風塵久憔悴。魂夢屢驚呼。荷鍤憂仍大。聞砧淚易枯。斜陽趣歸去。回首斷墳孤。[88]

◎題註：汪氏五姊適袁。一九○五年逝於廣東陽江縣。據上海中山書局版《汪精衛全集》卷四（書名頁為《汪精衛先生的文集》，版權頁又稱作《汪精衛全集》），原詩一至四句為「生小類吾姊，多才愧不如，形骸苦分析，魂夢每驚呼」，並附有小序云：「姊諱兆錡，字綺昭，溫淑多才，與余友愛至篤，余獄中詩〈述懷〉所云『尚憶牽衣時，謬把歸期約』即為姊作也，今距姊歿十餘年矣。」今本改定首四句，並刪去小序。

荷鍤—《漢書．王莽傳》：「父子兄弟負籠荷鍤。」鍤，鍤地起土之具，音插（caap3）。

聞砧—砧，擣衣石。唐李白〈子夜吳歌．秋歌〉：「長安一片月，萬戶擣衣聲。」

自上海放舟橫太平洋經美洲赴法國舟中感賦

以下八年

一襟海氣暈成冰。天宇沈沈叩不譍。缺月因風如欲墜。疎星在水忽生稜。聞歌自愧隅常向。讀史微嫌淚易凝。故國未須回首望。小舟深入浪千層。[89]

◎題註：一九一九年六月作者赴法出席巴黎和會途中作。民國八年三月八日偕蔣作賓等乘日本「春洋丸」輪離滬經美國前往法國巴黎，出席巴黎和會。十二日抵神戶，十七日離開。和會召開，盟國歡欣興奮。反觀我國，叨陪末座，前途未卜，其心境如何，可以想見。

87 手稿見《汪精衛詩詞彙編》下冊頁70。

88 手稿見《汪精衛詩詞彙編》下冊頁71。

89 手稿見《汪精衛詩詞彙編》下冊頁72。

隅常向—《説苑 · 貴德》：「今有滿堂飲酒者，有一人獨索然向隅而泣，則一堂之人皆不樂矣。」

※ 評論：陳石遺欣賞「缺月疎星」一聯。

舟中曉望

朝霞微紫遠天藍·初日融波色最酣·正是暮春三月裏·鶯飛草長憶江南·[90]

暮春三月—南齊丘遲〈與陳伯之書〉：「暮春三月，江南草長，雜花生樹，群鶯亂飛。」

舟次檀香山書寄冰如

烏篷十日風兼雨·初見春波日影融·家在微茫蒼靄外·舟行窈窕綠灣中·鸞飄鳳泊年年事·水秀山明處處同·雙照樓中人底似·莫教惆悵首飛蓬·[91]

檀香山—Honolulu。

窈窕—美好也。又山水宮室之深遠亦稱窈窕。

飛蓬—《詩經 · 衛風 · 伯兮》：「自伯之東，首如飛蓬。豈無膏沐？誰適為容！」蓬，菊科多年生草本，遇風輒拔而旋。

春日偶成

孤筇隨所之·窈窕至林谷·泉聲流不斷·淒愴動心曲·山徑隱薜蘿·攀陟氣纔屬·微生寄片石·千里集吾目·初陽被綠草·天氣清且淑·繁花何茫茫·紅紫自成簇·飛鳥既睍睆·遊人亦雝穆·大塊富文藻·當春更蕃沃·勢如決巨浸·萬物盡淹覆·奇愁定何

90 手稿見《汪精衛詩詞彙編》下冊頁73。

91 手稿見《汪精衛詩詞彙編》下冊頁74、331。

物・百計不可逐・惘惘情未甘・靡靡行已足・欲語苦口噤・微風振林木・[92]

筇—竹名，可為杖。音蛩（kung4）。

薜蘿—薜荔（Ficus Pumila）。桑科植物，蔓生。俗以其實中子浸汁為涼粉以解暑。女蘿（Usnea Longissima），地衣類植物，常自樹梢垂懸。《楚辭・九歌・山鬼》：「若有人兮山之阿，被薜荔兮帶女蘿。」

睍睆—《詩經・邶風・凱風》：「睍睆黃鳥，載好其音。」形容鳥聲美好。音演莞（jin5 wun5）。

雝穆—和美也。

大塊—大地。《莊子・齊物論》：「夫大塊噫氣，其名為風。」

靡靡—猶遲遲也。《詩經・王風・黍離》：「行邁靡靡，中心搖搖。」

噤—《楚辭・九歎・思古》：「口噤閉而不言。」口閉也。

比那蓮山雜詩

比那蓮山在法國南部與西班牙接壤冰如嘗以暑假一攬其勝歸國後時時為余言之八年夏重至法國因與方曾兩家姊妹弟甥往遊足跡所及皆冰如舊經行地也得詩數首以寄冰如（四首）[93]

比那蓮山—Pyrenees，在法蘭西及西班牙交界處。

山中即事

沈沈萬山中・泉聲鳴不已・心逐野雲飛・忽又墜溪水・山坳聚林木・衆綠光薿薿・纖草纖平茵・小花間藍紫・怡然相坐語・間亦恣游戲・小妹捉蚱蜢・荊棘創其指・一笑釋自由・驚飛側雙翅・[94]

薿薿—音擬（ji5），茂盛貌。《詩經・小雅・甫田》：「今適南畝，或耘或耔，黍稷薿薿。」

92 手稿見《汪精衛詩詞彙編》下冊頁75。

93 手稿見《汪精衛詩詞彙編》下冊頁76、196。

94 手稿見《汪精衛詩詞彙編》下冊頁76、196。

遠山

遠山如美人·盈盈此一顧·被曳蔚藍衫·嬾裝美無度·白雲為之帶·有若束縑素·低鬟俯明鏡·一水澹無語·有時細雨過·輕渦生幾許·有時映新月·娟娟作眉嫵·我聞山林神·其名曰蘭撫·誰能傳妙筆·以匹洛神賦·[95]

西班牙橋上觀瀑

翠巖碧嶂相周遮·遠看瀑勢如長蛇·下馳嶔奇犖确之峻坂·又若以風為馬雲為車·蒼崖崩摧大壑裂·峭壁削成愁嶄絕·惟餘怪石鬱嵯峨·錯落水中猶杌隉·石齒咽波波不定·沸白渟藍紛復整·浪花蹴起入長空·散作四山煙雨影·輕煙細雨微濛中·爗然受日橫長虹·行人拍手眼生纈·餘光反映松林紅·據石臨流自欹側·斷橋小樹如相識·瀼瀼零露洗肺肝·淅淅微寒生鬢髮·由來泉水在山清·莽莽人間盡不平·風雷萬古無停歇·和我中宵悲嘯聲·[96]

嶔奇—高峻貌。《世説新語 · 容止》：「周伯仁道桓茂倫：『嶔崎歷落可笑人。』」

犖确—山多大石貌。音落確（lok6 kok3）。

嶄—高峻貌。

嵯峨—峻險突兀貌。

杌隉—《尚書 · 秦誓》：「邦之杌隉，曰由一人。」漢孔安國傳：「杌隉，不安，言危也。」音兀揑（ngat6 nip6）。

爗—亦作燁，音葉（jip6），光之盛也。《漢書 · 揚雄傳》：「颺爗爗之芳苓。」

纈—眼生花也。音頡（kit3）。

瀼瀼—露盛貌。《詩經 · 鄭風 · 野有蔓草》：「野有蔓草，零露瀼瀼。」

淅淅—風聲。宋謝惠連〈七夕詠牛女詩〉：「淅淅振條風。」

95 手稿見《汪精衛詩詞彙編》下冊頁77、196。

96 手稿見《汪精衛詩詞彙編》下冊頁78、197。

莽莽—《左傳．哀公元年》：「吳日敝於兵，暴骨如莽。」註：草之生於廣野莽莽然。又深邃貌。

曉行山中書所見寄冰如

初陽在翠壁．爛漫不可名．熠熠朝露晞．依依白雲晴．積雪冒遙岑．霴靆生光明．煙光澹欲盡．山夢如初醒．綠葉紛葳蕤．燁然發其瑩．幽花與長松．一一生奇馨．行行至水源．屏峰入眉青．石筍咽流泉．涼風自泠泠．頹巖有嘉樹．虧蔽若危亭．塊然倚之坐．睍睆聞流鶯．遐思素心人．莓苔屐曾經．作詩道相念．歌罷心怦怦．[97]

熠熠—光明貌，音泣（jap1）。

晞—乾也，音希（hei1）。

岑—山小而高者。

霴靆—宋陸游〈夾路多修竹〉：「一朝解風籜，霴靆蒼雲屯。」雲盛貌。

葳蕤—《楚辭．七諫．初放》：「上葳蕤而防露兮。」草木葉盛而下垂貌。

瑩—珠玉色也。《韓詩外傳》：「良珠度寸，雖有百仞之水，不能掩其瑩。」

泠泠—清涼貌。《楚辭．七諫．初放》：「下泠泠而來風。」

虧蔽—虧失隱蔽。

素心人—心地純樸之人。陶潛〈移居〉：「聞多素心人，樂與數晨夕。」

題蘖莊圖卷

儒家重飾終．墨子論薄葬．事人與明鬼．於義各有當．

儒者言事人故以死為人生最痛之事其喪禮隨以重墨者言明鬼則體魄非所深戀故主薄葬皆其學說根據使然也

杯棬與手澤．惓惓不能忘．所以鼎湖人．涕淚收弓裳．

口手之澤猶不忍棄況父母之遺體乎此孟子所以謂孝子仁人之葬其親必有道也

---

97 手稿見《汪精衛詩詞彙編》下冊頁79。

漢文恭儉主・石椁生汍瀾・達哉張釋之・妙喻錮南山・

景純詠游仙・意欲翔寥廓・如何著葬書・所志在糟粕・

葬親為仁人孝子所不能免然死不欲朽其用心已可笑而堪輿家言則直陷於罪戾矣景純猶不免蓋此風至魏晉而始盛也

蘗莊山水好・此意真緜緜・佇看松與竹・一一長風煙・[98]

蘗莊主人闢數弓之地以為墳園舉族葬於斯既不多奪生人耕植之地又擺脫一切堪輿家言且其地山川映帶松竹蔚然風景宜人以圖卷索題余喜其有改良社會風俗之志故為題詩數首如右

飾終—《隋書・豆盧毓傳》：「褒顯名節，有國通規，加等飾終，抑推令典。」對於死者致其尊榮之禮也。

杯棬與手澤—《禮記・玉藻》：「父歿而不能讀父之書，手澤存焉爾。母歿而杯圈不能飲焉，口澤之氣存焉爾。」杯圈，也作杯棬，謂先人所遺器物手跡，不忍使用也。

鼎湖人—《史記・封禪書》：黃帝鑄鼎荊山下，鼎成，乘龍上仙。後人名其地為「鼎湖」。在今河南省閿鄉縣南，引此言人崩逝。據云黃帝所遺弓及衣裳葬於此。

汍瀾—流涕貌。

張釋之—漢堵陽人，字季。為廷尉，守法嚴，持議平。

景純—郭璞字，晉聞喜人，詞賦為東晉之冠。妙於陰陽曆算五行卜筮之術，著有《葬書》，或云後人所託。

糟粕—《淮南子・道應》：「是直聖人之糟粕耳。」註：酒之渣滓也。喻精華去後之廢料。

鄧尉山探梅口占

以下九年

林外春山斷復延・泮冰池水乍涓涓・田家籬落欹疏處・一樹紅梅分外妍・

湖光如雪靜無聲・掩映梅花更有情・山路紆回行不盡・冷吟纔了暗香生・[99]

---

98 手稿見《汪精衛詩詞彙編》下冊頁81。

99 手稿見《汪精衛詩詞彙編》下冊頁84。

鄧尉山—江蘇吳縣西南。前臨太湖，以漢鄧尉隱此得名，山上多梅樹。

林子超葬陳子範於西湖之孤山詩以紀之

民國二年春．江色朝入檻．我從張靜江．初識陳子範．容貌既溫粹．風神亦夷澹．於中鬱奇氣．如山不可撼．落落語不煩．沈沈心已感．至今寤寐間．光采猶未減．嗚呼夜漫漫．衆生同黯黮．束身作大炬．燭破羣鬼膽．勞薪忽已爇．驚淚不能斬．故人有林君．收骨入深坎．秋墳鬱相望．楊花白如糝．下車苦腹痛．絮酒致煩憯．[100]

林子超—名森，福建人，曾任國民政府主席。

陳子範—號勒生，別署「大楚擊筑」，福建侯官人。早年習海軍。討袁軍起，有所計劃。製爆烈彈，不慎自炸死。

張靜江—浙江吳興人，曾資助革命。

温粹—温文純粹。

夷澹—平淡也。

黯黮—不明貌。《楚辭．九歎．遠遊》：「望舊邦之黯黮兮，時溷濁其猶未央。」

憯—同慘。

遊莫干山

初看山腳斜陽黃．漸聞涼風颯颯鳴高岡．炊煙漸上雲漸合．頓使山無遠近皆蒼茫．夜上峰頭天已黑．缺月疎星氣蕭瑟．寥天忽跳赬虯珠．斑駁林巒半蒼赤．披衣起立明霞中．朝氣撲面生冲融．羣山起伏何止千萬疊．修竹掩映何止千萬叢．沈沈黝色黯雲壑．瑟瑟清影明嵐峰．泉流澗中鳴不斷．其聲欲與風葉同琤瑽．平生愛竹已成癖．三竿兩竿青亦得．只今身已入山深．雖白雲鄉不此

100 手稿見《汪精衛詩詞彙編》下冊頁85。

易・流長不洗孫楚耳・峰青不蠟阮孚屐・一角茅檐對遠山・此心清似長天色・[101]

莫干山一在浙江武康縣西北。春秋時吳人干將及其妻莫邪於山中鑄干將莫邪二劍。故名莫干山。

赬一音青（cing1），赤色。

冲融一唐韓愈〈遊青龍寺〉：「翻眼倒忘處所，赤氣冲融無間斷。」瀰漫也。

琤瑽一玉聲。唐殷文圭〈玉仙道〉：「山勢北蟠龍偃蹇，泉聲東漱玉琤瑽。」

白雲鄉一作者著籍番禺，其地有白雲山。白雲鄉，亦指仙境。

孫楚一《世說新語・排調》：「孫子荊年少時欲隱，語王武子：『當枕石漱流。』誤曰：『漱石枕流。』王曰：『流可枕，石可漱乎？』孫曰：『所以枕流，欲洗其耳，所以漱石，欲礪其齒。』」

阮孚屐一《世說新語・雅量》：「或有詣阮，見自吹火蠟屐，因嘆曰：『未知一生當箸幾量屐！』」

※ 評論：陳石遺賞「一角茅檐對遠山，此心清似長天色」二句。

廬山雜詩

廬山之美未易以言語形容也蘇子瞻入廬山不欲作詩良非無故然子瞻終不能不作殆所謂情不自禁者歟余九年夏入廬山感懷世事鬱伊寡歡然山色水聲接於耳目亦得暫開懷抱所為詩悲愉雜陳稱心而出蓋非以寫廬山特以寫廬山中之一我而已廬山有知當不患其唐突耳（十四首）[102]

廬山一在江西九江縣南，古有匡俗者，結廬此山，故名。亦名匡山，總名匡廬，為避暑勝地。

曉起

空山朝氣來撲人・清似初秋藹似春・殘月曙星相映處・瓊樓終古不生塵・[103]

---

101 手稿見《汪精衛詩詞彙編》下冊頁86。

102 手稿見《汪精衛詩詞彙編》下冊頁88。

103 手稿見《汪精衛詩詞彙編》下冊頁89。

佛手巖飲泉水

巖葉因風響碧廊·秋花絡石意深長·自慚肝肺无由熱·尚為冰泉進一觴·[104]

水石月下

疊巘沈沈冷翠生·樛枝危石勢相縈·此心靜似山頭月·來聽清泉落澗聲·[105]

巘一大山上累小山也。音演（jin5）。

樛枝一枝下曲也。音鳩（gau1）。

登天池山尋王陽明先生刻石詩於叢薄中得之

拄杖撞天志不回·斷碑一角臥荒臺·依然風雨霾山下·手剔莓苔衹自哀·[106]

◎題註：作者手書王陽明詩四首並識刻石（拓本見頁二四五），附錄如下：

〈夜宿天池月下聞雷次早知山下大雨〉

昨夜月明峰頂宿，隱隱雷聲在山麓。曉來卻問山下人，風雨三更捲茅屋。

野人權作青山主，風景朝昏隨意取。巖旁日腳半溪雲，山下雷聲一村雨。

天池之水近無主，木魅山妖競偷取。公然又盜巖頭雲，卻向人間作風雨。

〈文殊臺夜觀佛燈〉

老夫高臥文殊臺，柱杖夜撞青天開。撒落星辰滿平野，山僧盡道佛燈來。

王陽明先生詩四首據毛德琦《廬山志》稱舊刻石碑其真蹟藏寺僧處今則真蹟固不可復見石刻亦僅存一首爰就石之四周繚以石闌上覆以石瓦庶免雨淋日炙日久漫漶云爾

汪兆銘謹識

104 手稿見《汪精衛詩詞彙編》下冊頁89。

105 手稿見《汪精衛詩詞彙編》下冊頁89。

106 手稿見《汪精衛詩詞彙編》下冊頁90。

自神龍宮還天池峰頂宿

抵死潛虬不起淵·松根抉石出飛泉·星繁風緊蕭蕭夜·獨傍天池望鐵船·[107] 鐵船峰名與天池相對

含鄱嶺上小憩松下既醒白雲在衣袂間拂之不去

蟬咽松風日影涼·山屏水枕夢初長·白雲紉作秋蘭佩·從此襟頭有異香·[108]

秋蘭佩—屈原〈離騷〉：「扈江蘺與薜芷兮，紉秋蘭以為佩。」

行蓮花谷最高處

峰勢阽危人影孤·天風颸髮粟生膚·偶從雲罅窺人世·赭是長江碧是湖·[109]

阽—〈離騷〉：「阽余身而危死兮，攬余初其猶未悔。」阽猶危也。底念切（dim3），又讀余廉切（jim4）。

廬山風景佳絕而林木鮮少為詩寄慨

巖谷春來錦繡舒·煙蕪蕭瑟正愁予·樓臺已重名山價·料得家藏種樹書·[110]

種樹書—宋辛棄疾〈鷓鴣天〉：「卻將萬字平戎策，換得東家種樹書。」

107 手稿見《汪精衛詩詞彙編》下冊頁90。

108 手稿見《汪精衛詩詞彙編》下冊頁91。

109 手稿見《汪精衛詩詞彙編》下冊頁91。

110 手稿見《汪精衛詩詞彙編》下冊頁92。

廬山瀑布以十數飛流渟淵各有其勝余輩攀躋所至輒解衣游泳其間至足樂也

浪花無蒂自天垂・石氣清寒蘚不滋・夜半素娥初墮影・冰肌玉骨最相宜・[111]

五老峰常為雲氣蒙蔽往游之日風日開朗豁然在目

席捲煙雲萬壑醒・長松偃蓋盡亭亭・狂生賸有窮途淚・五老何緣眼尚青・[112]

窮途淚—阮籍，字嗣宗，三國魏尉氏人，為「竹林七賢」之一，每以沈醉遠禍；能為青白眼。常率意命駕，途窮，輒慟哭而返。

眼尚青—同前。

開先寺後有讀書臺杜甫詩云匡山讀書處頭白好歸來蘇軾詩亦云匡山頭白好歸來余登斯臺有感其言因為此詩余所謂歸來與杜蘇所云不同也

殘陽明滅讀書臺・萬樹鵑聲次第催・占得匡山一片石・未妨頭白不歸來・[113]

屋脊嶺為廬山最高處余行其上但見羣峰雜遝來伏足下倚松寂坐俛視峰色明滅無定蓋雲過其上所致也

楚尾吳頭入望微・近天草樹靜秋暉・羣峰明滅渾無定・為有孤雲頭上飛・[114]

---

111 手稿見《汪精衛詩詞彙編》下冊頁92。

112 手稿見《汪精衛詩詞彙編》下冊頁93。

113 手稿見《汪精衛詩詞彙編》下冊頁93。

114 手稿見《汪精衛詩詞彙編》下冊頁94。

楚尾吳頭—《職方志》：豫章之地（即今江西地居江蘇上游，湖北下游）為吳頭楚尾。

王思任遊記稱嘗於五老峰頭望海緜萬里余雖不敢必亦庶幾遇之八月二日晨起倚欄山下川原平時歷歷在目至是則滿屯白雲浩然如海深不見底若浮若沈日光俄上輝映萬狀其受日深者色通明如琥珀淺者暈若芙蕖少焉英英飛上繽紛山谷間使人神意為奪古人真不我欺也

風似生毛日似鱗·俛看人世失緇磷·海緜忽作天花散·釀出千巖萬壑春·[115]

緇磷—緇，化作灰黑色。磷，磨薄也。

晚晴雲霞清豔殊絕

峰銜餘日變秋顏·澹彩流天麗且閒·自是空山風景澈·雲霞原不異人間·[116]

十一月八日自廣州赴上海舟中作

鷗影微茫海氣春·雨收餘靄碧天勻·波凝綠蟻風無翼·浪蹙金蛇月有鱗·始信瓊樓原不遠·卻妨羅韈易生塵·鐘聲已與人俱寂·袖手危闌露滿身·[117]

◎題註：民國九年（一九二○）作。據《南社詩話》，朱執信於民國九年九月二十日，奉命聯絡軍事，遇刺殉難於虎門。孫先生命汪精衛廖仲愷繼執信之任。戰事既定，迎孫先生至廣州復開軍政府。既而精衛知胡漢民與陳

115 手稿見《汪精衛詩詞彙編》下冊頁95。

116 手稿見《汪精衛詩詞彙編》下冊頁96。

117 手稿見《汪精衛詩詞彙編》下冊頁97。

炯明相齟齬，遽一人悵然返滬，舟中作此詩。[118] 所謂「始信瓊樓原不遠」，言有志者事成也。「羅韈生塵」句，謂履霜堅冰至也。大不得意之事即伏於得意之時。韓仲樂言，《禮記》鐘聲鏗。「鐘聲已與人俱寂」，謂鄧仲元（名鏗）死事也（十一年二月）。「袖手危闌露滿身」謂大亂已成，不能挽救也。十一年（一九二二）六月十六日陳炯明叛變，兵禍遂作。又云：四年，袁世凱帝制謀定，朱執信奉孫先生命，將在廣州起兵討之。會陳炯明亦有所圖，乃寄陳以詩：「五湖去日臣行意」云云。蓋深知陳好為人上，慮其以忮刻僨事，故詩以喻之。與作者此詩先後比照，更多瞭解。

綠蟻—唐白居易〈問劉十九〉：「綠蟻新醅酒，紅泥小火爐。」

生平不解作詠物詩冬窗晴暖紅梅作花眷然不能已於言

鶴瞑髹欄日上遲•南枝紅影靜中移•由來瀟灑出塵者•定有芳華絕世姿•風骨轉教添嫵媚•冬心聊復寄沖夷•與君冰雪周旋久•欲近脂香似未宜•

朝霞和雪作肌膚•更把宮砂漬臂腴•火齊光芒嬌欲吐•水沈香氣暗相濡•終留玉潔冰清在•自與嫣紅姹紫殊•底事凝脂生薄暈•似聞佳婿是林逋•[119]

118 請參閱《江精衛南社詩話》增訂本第二十一則。

119 手稿見《汪精衛詩詞彙編》下冊頁98。

小休集卷下

十年三月二十九日黃花崗七十二烈士墓下作

以下十年

飛鳥茫茫歲月徂·沸空鐃吹雜悲吁·九原面目真如見·百劫山河總不殊·樹木十年萌櫱少·斷蓬萬里往來踈·讀碑墮淚人間事·新鬼為鄰影未孤·墓邇執信塚故末句云然[120]

徂—往也。《詩經．大雅．桑柔》：「自西徂東，靡所定處。」

鐃—敲擊樂。

吹—吹樂。

樹木—《管子．權修》：「十年之計，莫如樹木；終身之計，莫如樹人。」此句言人才難得，建樹無多。

「斷蓬」句—連年飄泊無定也。

「讀碑」句—黃花崗七十二烈士墓碑乃作者所手書。

晨起捲簾庭蘭已開

香入踈簾意尚猜·驚看玉立久徘徊·初陽欲褪幽花豔·更遣微風澹蕩來·[121]

奴兒哈赤墓上作

墓在瀋陽城東俗稱東陵

百年終一死·所餘但枯骨·可憐秦始皇·於此致情切·生營阿房宮·死葬驪山穴·刑徒七十萬·汗盡繼以血·後來帝王陵·侈麗如一轍·珠襦與玉匣·留與赤眉發·淒涼冬青樹·遺黎淚空咽·靺鞨起黑水·人事至簡率·一朝得薦食·摹擬惟恐失·瀋陽城之

120 手稿見《汪精衛詩詞彙編》下冊頁100。

121 手稿見《汪精衛詩詞彙編》下冊頁101。

東・岡巒若屏列・周遭四十里・松柏青鬱鬱・墓門與隧道・初日煥丹漆・取材自昌平・規模信弘闊・昔日遼東戰・千里血渠決・髑髏築京觀・高於此陵埒・自從入關來・中原苦蕭瑟・揚州與嘉定・屠城輒十日・城闕爾何物・朽骨驚突兀・丹青爾何物・血肉慘凝結・歷史如我詔・悲慨腸內熱・禍階自玄鳥・朱果孕梟傑・長林與豐草・世世作巢窟・老汗真封狼・所至縱馳突・持校阿骨打・嗜殺差髣髴・持校鐵木真・戰伐遜功烈・長城適自壞・戎馬不能遏・生貙複生羆・九州竟囊括・黨人起革命・危苦經百折・所蘄但平等・志事昭若揭・三戶秦遂亡・九世讎已雪・於今一家內・不復辨胡越・君看原上樹・樵斧不容伐・當春綠盈枝・行人弄清樾・山川自輝媚・雲物足怡悅・村歌雜婦孺・燕雀鳴相聒・南望黃花崗・毅魄如可活・真成抵黃龍・痛飲不能節・[122]

◎題註：此詩見作者手書及民信版《小休集》。今民信版已不易得，因為補錄如右。

奴兒哈赤—清太祖名，明萬曆四十四年即皇帝位，建元天命，在位十一年卒。

秦始皇—莊襄王子，姓嬴，名政，有雄才，立二十六年，併吞六國，統一天下，自號始皇帝，後世以數計，不用謚號。性剛戾，民不聊生，世有暴秦之稱。

珠襦與玉匣—貫珠為襦，硺玉為匣。指秦皇殉葬品之奢侈。

赤眉—西漢末，王莽篡漢，樊崇起兵於莒，號曰「赤眉」，橫行江淮間，後為光武帝所平。傳曾發秦墓。

冬青樹—傳奇名，清蔣士銓〈九種曲〉之一，分四總目：〈謝太后晚年祝髮〉、〈趙王孫新王稱臣〉、〈文丞相燕台殉節〉、〈謝招討古寺招魂〉，載明末故事，多屬紀實。

靺鞨—音末曷（mut6 hot3），古部族名，在高麗之北。

黑水—黑龍江之別稱。

薦食—吞併。《左傳・定公四年》：「吳為封豕長蛇，以薦食上國，虐始於楚。」

122 手稿見《汪精衛詩詞彙編》下冊頁102。

昌平—即明長陵，見前《小休集》卷上，〈遊昌平陵〉。

揚州嘉定—地名，俱在江蘇。滿洲入關，曾於兩處大肆屠戮，是為「揚州十日」、「嘉定三屠」。

詔—告也。

玄鳥朱果—滿洲發祥世紀相傳三天女浴於池，神鵲銜朱果置季女衣，女含口中，遂有孕，尋產一男，賜姓愛新覺羅。

阿骨打—金太祖名。

鐵木真—元太祖名。

長城適自壞—袁崇煥，明末東莞人，字元素，萬曆進士。自請守關拒清兵，死守寧遠，卒以解圍。其後被誣通敵，磔死，清兵遂乘機入關。

生貙復生羆—貙似狸而大，羆，大熊也。謂子孫均壯悍也。

蘄—期望。

三戶—《史記·項羽紀》：「楚雖三戶，亡秦必楚也。」

九世—清世祖傳至溥儀，凡九世十帝。

清樾—聲清能遠聞也。

初夏即事寄冰如

拂拭書城不染塵·瓶花旖旎有餘春·開編真似逢知己·得句還愁後古人·梅雨池塘魚自樂·楝花簾幕燕初馴·近來何事關心最·一紙書來萬里親·[123]

書城—《太平清話》：「宋政和時，都下李德茂環積墳籍，名曰書城。」

旖旎—盛貌。《楚辭·九辯》：「紛旖旎乎都房。」旖音漪（ji2）；旎音你（nei5）。

梅雨—「江湘二浙四五月之間，梅欲黃落，則水潤土溽，礎壁皆汗，蒸鬱成雨，其霏如霧，謂之梅雨。」見《埤雅》。

123 手稿見《汪精衛詩詞彙編》下冊頁106。

入吳淞口

塞外空吟物候新・霏霏寒雨不成春・扁舟拏入吳淞口・芳草江南綠已勻・[124]

吳淞口一在黃埔江入口之處。

還家

兼旬作客又還家・稚子迎門笑語譁・步上小樓餘惘惘・春風鬢影在天涯・[125]

江樓秋思圖

為柳亞子題

日暮倚江樓・問君何所思・蕭蕭天地間・秋風來以時・君如王仲宣・瑰麗多文詞・江山本吾土・俛仰聊自怡・知不因登樓・而興游子悲・君如張季鷹・不為好爵縻・家在蓴鱸鄉・何以樂棲遲・知不因秋風・慨然始懷歸・向晚天氣佳・叢菊盈東籬・有石宜彈琴・有酒宜賦詩・舍此忽有念・兀兀將何為・由來賢哲人・萬感積心期・莛鐘偶然值・一縱不可羈・有如雲生石・因風自逶迤・又如絲出繭・映日成離披・其來既無端・其去亦無倪・君既不能名・我亦不自知・蘆渚煙漫漫・水遠天低垂・望門投止者・躑躅將何依・安得為蘆花・毋使悲鴻罹・楓林霜斑斑・有若別淚滋・世間諸兒女・一例傷乖離・安得為紅葉・宛轉與通辭・秋光渺無際・秋思亦如之・茫茫良自失・喋喋恐非宜・不如酌美酒・與君盡一巵・[126]

124 手稿見《汪精衛詩詞彙編》下冊頁107。

125 手稿見《汪精衛詩詞彙編》下冊頁108。

126 手稿見《汪精衛詩詞彙編》下冊頁109。

柳亞子一江蘇吳江人，與高天梅等辦「南社」，以文學倡導革命，並為詩文叙述「南社」諸子革命事跡。

王仲宣一東漢王粲〈登樓賦〉：「登茲樓以四望兮，聊暇日以銷憂。」

張季鷹一張翰，晉吳都人。入洛為大司馬東曹掾。因秋風起，思吳中菰菜蓴羹鱸魚，遂命駕歸。

兀兀一一作矻矻。《漢書・王褒傳》：「勞筋苦骨，終日矻矻」。勤勞不息貌。

莛鐘一《漢書・東方朔傳》：「以莛撞鐘。」莛，草莖，音停（ting4）。以草莖撞鐘則無聲響，喻才學殊而不得答。

逶迤一音委移（wai1 ji4）。長也。王粲〈登樓賦〉：「路逶迤而修迥兮。」又委曲自得之貌。《後漢書・楊秉傳》：「逶迤退食，足抑苟進之風。」

離披一分散貌。《楚辭・九辯》：「白露既下百草兮，奄離披此梧楸。」

倪一端倪，微始也。《莊子・大宗師》：「反覆終始，不知端倪。」

望門投止一東漢張儉劾中官侯覽不軌。覽誣以黨爭，遂遁去。望門投止，人皆重其名行，破家相容。

躑躅一音擲續（zaak6 zuk6）。《荀子・禮論》：「躑躅焉，踟躕焉」。以足擊地也。

罹一音離（lei4），憂也。

乖離一背散也。

紅葉一唐僖宗宮女韓氏，以紅葉題詩，自御溝中流出，為于祐所得；祐亦題一葉，投溝上流，韓氏亦得而藏之。後帝放宮女三千人，祐適娶韓氏。見《太平廣記》。

為余十眉題鴛湖雙棹圖

鴛鴦湖上泛鴛鴦・煙雨樓頭未夕陽・情似春潮無畔岸・思如幽草有芬芳・驚鴻照影空回首・別鶴流聲易斷腸・羅襪凌波原一瞬・祇宜畫裏與端詳・[127]

127 手稿見《汪精衛詩詞彙編》下冊頁112。

余十眉一名其鏘，字秋楂，「南社」詩人，輯《壬戌詩選》。

鴛鴦湖一又名鴛湖，在浙江嘉興縣南，湖中有煙雨樓。

羅韈凌波一曹植〈洛神賦〉：「凌波微步，羅韈生塵。」

十月二十四日過西湖

不晴不雨只陰陰・此日西湖倦色侵・孤塔偶從雲外見・好山如在夢中尋・幽懷自樂波光澹・清嘯遙隨谷籟沈・棹到水心亭下泊・半林黃葉識秋深・[128]

十一月二十四日再過西湖

臨流莫笑影婆娑・一月西湖得再過・煙斂波光如薄睡・日融山色似微酡・疎鐘渡水無歧籟・落木攢空有靜柯・短棹夷猶亦徒爾・累他蘆鴈戒心多・[129]

夜坐

以下十三年

雲月吐還翳・餘光猶在林・窅然見流水・萬壑自沈沈・老柏作人立・松風時一吟・寒生知坐久・茗椀靜愔愔・[130]

窅然一音杳（jiu2），遠望也。又悵然也。《莊子．逍遙遊》：「窅然喪其天下焉。」

128 手稿見《汪精衛詩詞彙編》下冊頁113。

129 手稿見《汪精衛詩詞彙編》下冊頁113。

130 手稿見《汪精衛詩詞彙編》下冊頁115。

西山紀游詩

數年以來李石曾先生在北京西山從事農林並開創學校暨天然療養院余數得音訊而未獲一臨其境為憾十三年春日余以事潛入北京因得抽暇暢遊西山為詩紀之得若干首（六首）[131]

◎題註：作者序言有云「十三年（一九二四）春日，余以事潛入北京……」。十三年，孫先生北上將與段、張擬共商國是，雙照樓主人先行入京部署。

始出西直門歷西山至溫泉村宿

郊行值春陰·羣峰隱如簇·玄雲豁天際·蒼翠忽在目·西山多爽氣·風物至蕃沃·溫泉更幽絕·一水戛鳴玉·依山結村落·高下見茅屋·初日絢平林·春氣溫以淑·兒童讀書聲·若與田歌續·桃李已微華·馨香采盈匊·樹木與樹人·為日常不足·禽聲繁且和·萬彙盡涵育·逶迤登小丘·曠衍眺平陸·居庸屹相向·蕭爽動心曲·[132]

戛—猶擊也，音恝（gaat3），俗音壓（aat3）。

匊—《説文解字》：「在手日匊。」掬本字。

彙—類也。

居庸—山名，在河北昌平。居庸關在山中，古稱要隘。

登金山憩金仙庵

列岫隱蒼煙·傾崖響玉泉·澄心寄丘壑·遠目瞰幽燕·危石下無地·孤松夐在天·名山新事業·佇看集羣賢·[133]

131 手稿見《汪精衛詩詞彙編》下冊頁116。

132 手稿見《汪精衛詩詞彙編》下冊頁116。

133 手稿見《汪精衛詩詞彙編》下冊頁117。

宿碧雲寺

鴉影落寒山・鐘聲出遠寺・行行知漸近・已見碧雲起・石闕何嵯峨・寶塔五星聚・孤標不可即・如出碧雲際・奇松生石罅・老柏影交翠・朱垣隱復現・又在碧雲裏・憶昨遊溫泉・水聲清在耳・復攬金山勝・遠目盡千里・得此信三絕・可以歎觀止・名山宜講學・合幷真與美・東風動絃歌・山水益輝媚・結隣有故人・相見各歡喜・茅屋三兩椽・魂夢得所寄・夜來臨水坐・疎星耿林翳・語默成自然・夜氣清且旨・作詩以自幸・亦以勞吾子・[134]

碧雲寺夜坐

餘霞滅天際・山寺漸沈黑・方庭蓄萬綠・一一潑濃墨・巖壑入黝冥・深沈不可測・泉聲出萬寂・流遠韻更徹・似聞穿林去・邂逅澗中石・微風一吹蕩・松籟與之洽・坐久夜逾明・纖月吐雲隙・幽輝纔半林・樹影清可織・棲鴉枝不動・想像夢魂適・幽景信難摹・苦吟終未得・[135]

※ 評論：陳石遺賞錄首四句及「泉聲」以下六句。

再登金山桃杏花已盛開

新綠麥繡野・輕黃柳拂池・別來能幾何・春光已如斯・金山累千步・步步見花枝・山勢有盤陀・花開無參差・山色間紺碧・花光涵絳緋・清輝一相映・百丈成虹霓・隨花入山去・花與人逶迤・回看乍來處・萬樹煙霏霏・[136]

※ 評論：陳石遺賞錄「山色間紺碧」四句。

---

134 手稿見《汪精衛詩詞彙編》下冊頁118。

135 手稿見《汪精衛詩詞彙編》下冊頁119。

136 手稿見《汪精衛詩詞彙編》下冊頁120。

白松

秀林有奇松・玉樹差可擬・孤高更皎潔・抗節比君子・歲寒饜霜雪・顏色亦相似・亭亭明月中・清影了無翳・臨風得相見・繾綣不能已・何當如翠禽・樂此一枝寄・[137]

抗節—堅守其節操也。《漢書．賈誼傳》：「已而抗節致忠，行出虖列士。」

饜—音厭（jim3），飽足也。

秋夜

心似銀河凝不流・涼螢的皪破林幽・桐陰漸薄松陰老・併送秋聲入小樓・

狼藉書城獺祭頻・夜涼燈味乍相親・閒愁不為西風起・自倚江樓念遠人・

澹月疎星夜氣清・遙聞砧杵動層城・微蟲不與無衣事・也作人間促織聲・

策策西風萬木秋・玉簫哀怨未能收・繁星點點人間淚・聚作銀河萬古流・[138]

的皪—光明貌。《文選．司馬相如．上林賦》：「明月珠子，的皪江靡。」

狼藉—縱橫交錯不整之貌。

獺祭—《禮記．月令》：孟春之月，魚上冰，獺祭魚。獺取魚置水邊，四面陳之，世謂之祭魚。《談苑》：「商隱為文，多檢閱書冊，左右鱗次，號『獺祭魚』。」

微蟲—謂蟋蟀，因其鳴聲，又名促織。借其聲以儆促秋織，早備寒衣也。

策策—狀聲之辭。韓愈〈秋懷〉：「秋風一披拂，策策鳴不已。」

137 手稿見《汪精衛詩詞彙編》下冊頁121。

138 手稿見《汪精衛詩詞彙編》下冊頁123。

歲暮風雪忽憶山中梅花往視之已開盛矣

籬角相逢風雪侵·歲寒彌見故人心·別時情緒君能記·醉後疎狂我不禁·如接笑言禪思定·微聞薌澤綺懷深·林間滿地橫斜月·願託苔枝似翠禽·[139]

十月二十九日月下作

以下十四年

人似歸鴉暫息翰·玉山秋色靜中看·長飆一掃游氛盡·纔識冰輪照膽寒·[140]

除夕

冰雪滿天地·老梅能作花·孤松青不已·相為導春華·落落心如見·依依景未斜·及時惟努力·攬物莫長嗟·[141]

入峽

以下十五年

入峽天如束·心隨江水長·鐙搖深樹黑·月蘸碎波黃·岸偪鼯聲縱·巖陰虎跡藏·欈歌誰和汝·風竹夜吟商·[142]

◎題註：原註作於民國十五年。按作者於一月當選中央執行委員，三月二十日「中山艦事件」起，五月離粵赴法，其間先後在廣東、廣西演講，未見有入蜀史料。入峽時間存疑。

偪—音逼（bik1），狹窄也。

鼯—音吾（ng4），齧齒類動物，形似松鼠，腹旁有飛膜。

---

139 手稿見《汪精衛詩詞彙編》下冊頁125。

140 手稿見《汪精衛詩詞彙編》下冊頁126。

141 手稿見《汪精衛詩詞彙編》下冊頁127。

142 手稿見《汪精衛詩詞彙編》下冊頁128。

檝歌—檝同楫，音接（zip3）。舟人之歌也。

商—五音之一，《禮記·月令》：「孟秋之月，其音商。」

※ 評論：陳石遺賞錄「入峽天如束，心隨江水長」諸句。

出峽

出峽天如放，虛舟思渺然，雲歸新雨後，日落晚風前，波定魚吞月，沙平鷺隱煙，綠陰隨處有，可得枕書眠。[143]

※ 評論：陳石遺賞錄「出峽天如放，虛舟思渺然」諸句。

舊曆元旦經白雲山麓書所見

農隙人家靜且慵，飯餘箕踞領東風，宜春帖子尋常見，點綴柴門特地紅。

村兒綠袴女紅妝，分得黃柑著意嘗，卻道城中風物好，不知身在白雲鄉。

泥潦縱橫叱犢行，老農辛苦足平生，今宵一酌屠蘇酒，坐聽家家爆竹聲。[144]

箕踞—《戰國策·燕策》：「軻自知事不就，倚柱而笑，箕踞以罵。」鮑彪註：踞坐展兩足如箕。

宜春帖子—適合春節之牓書聯語也。習俗以紅紙書寫。

潦—積蓄之水，音老（lou5）。

屠蘇酒—《荊楚歲時記》：「正月一日為三元之日。長幼以次拜賀，進屠蘇酒。」

143 手稿見《汪精衛詩詞彙編》下冊頁128。

144 手稿見《汪精衛詩詞彙編》下冊頁129。

雜詩

春花繡平林・絳跗映青條・初日揚其輝・零露猶未消・惟彼蝶與蜂・振翅何逍遙・食宿衆芳間・蕊粉還相調・取之亦已廉・報之不辭勞・東風亦良媒・鳴條一何驕・[145]

跗一音膚（fu1），足背也。又同柎，花萼房也。《管子・地員》：「黑實朱跗黃實，蓄殖果木。」

鳴條—風過枝條而發聲。

郊行

溶溶新綠漲晴川・瀏鶒依蒲自在眠・行過小橋餘惘惘・梨花似雪柳如煙・[146]

瀏鶒—水鳥名，形大於鴛鴦而色多紫。

蒲—水草。

即事

暮春三月雨滂沱・敗壁頹簷暗薜蘿・鳥雀亦如人望治・晴光纔動樂聲多・[147]

※ 評論：陳石遺賞錄「鳥雀亦如人望治，晴光才動樂聲多。」二句

題畫

冪錦籠香好護持・宛然金屋貯蛾眉・何如手種千竿竹・翠羽紅襟自滿枝・[148]

145 手稿見《汪精衛詩詞彙編》下冊頁130。

146 手稿見《汪精衛詩詞彙編》下冊頁131。

147 手稿見《汪精衛詩詞彙編》下冊頁132。

148 手稿見《汪精衛詩詞彙編》下冊頁133。

金屋—漢武帝笑曰：「若得阿嬌作婦，當作金屋貯之也。」見《漢武故事》。

病中讀陶詩

攤書枕畔送黃昏・淚濕行間舊墨痕・種豆豈宜雜荒穢・植桑曾未擇高原・孤雲䨴䨴誠何託・新月依依欲有言・山澤川塗同一例・人生何處不籠樊・

病懷聽盡雨颼颼・斜日柴門得小休・抱節孤松如有傲・含薰幽蕙本無求・閒居始識禽魚樂・廣土終懸霜霰憂・暫屏酒尊親藥裹・敢因苦口致深尤・[149]

◎題註：民國十五年（一九二六）三月二十日「中山艦事變」後作。作者服膺陶詩。《南社詩話》稱「孟夏草木長」為中國第一首詩。曾朱筆批註陶集，並題〈讀陶詩〉：「寄奴人中龍」云云。種豆植桑，深自檢討；隨處樊籠，政壇險惡。孤松幽蕙，本無所求。然自孫先生逝世，後死者責不容辭。閒居雖樂，終不能無霜霰之憂也。[150]

種豆—陶潛〈歸園田居〉之三：「種豆南山下，草盛豆苗稀。晨興理荒穢，帶月荷鋤歸……」

植桑—五言〈擬古〉第九首：「本不植高原，今日復何悔。」

孤雲—〈詠貧士〉：「萬族各有託，孤雲獨無依。」

新月—〈雜詩〉十二首之二：「白日淪西阿，素月出東嶺。……欲言無予和，揮杯勸孤影。……」

籠樊—〈歸園田居〉之一：「久在樊籠裏，復得返自然。」

孤松—〈四時〉：「春水滿四澤，夏雲多奇峰。秋月揚明暉，冬嶺秀孤松。」

含薰幽蕙—〈飲酒〉二十首之十七：「幽蘭生前庭，含薰待清風。」

禽魚樂—〈歸園田居〉之一：「羈鳥戀舊林，池魚思故淵。」

---

149 手稿見《汪精衛詩詞彙編》下冊頁134。

150 請參閱汪精衛紀念託管會編，《獅口虎橋獄中手稿》第二冊（台北：華漢出版，2024年）。

霜霰憂—〈歸園田居〉之二：「桑麻日已長，我土日已廣。常恐霜霰至，零落同草莽。」

尤—歸咎也。

※ 評論：「種豆植桑」一聯，陳石遺云是絕佳對仗。

病起郊行

○必背

病骨樂與瘦筇俱。疎陰漏日午晴餘。覓新詩似驢旋磨。溫舊書如牛反芻。岸几羅花村舍靜。峰屏襯樹行人疎。林深足繭思小憩。啼鳥一聲真起予。[151]

起予—《論語．八佾》：「子曰：『起予者商也，始可與言詩已矣。』」疏：起，發也；予，我也；商，子夏名。孔子言能發明我意者，是子夏也。此處指鵑聲「不如歸去」也。

※ 評論：「覓新詩似驢旋磨，溫舊書如牛反芻。」陳石遺云竟似放翁。

十七日夜半雨止月色掩映庭竹間

竹間微雨濕幽輝。萬影參差欲上衣。今夜姮娥意愁絕。玉顏和淚減腰圍。[152]

春晴

宵來魂夢帖。一枕足雨味。晨風喚我起。庭宇已清霽。垂檐柳絲重。襂砌榆錢膩。槿煙搖深青。蕉露泫微紫。娟娟蕙蘭花。素心禁盥洗。青條已紛披。玉立終不倚。孤標歷小挫。兀鼻差可喜。含薰空谷間。清風亦時至。褰衣入深林。柯葉互虧蔽。輕陰篩日影。樂此鳥聲碎。鵲躅無定枝。燕歸有完壘。布穀尚丁寧。提壺

151 手稿見《汪精衛詩詞彙編》下冊頁136。

152 手稿見《汪精衛詩詞彙編》下冊頁137。

已微醉・荒蹊多伏莽・閣閣相鼓吹・積潦動羣蝨・嗡嗡亦不已・可憐聽琴者・欲洗箏笛耳・

萬物樂新晴・亦如人望治・地毛猶未燥・羣動颯然至・林開蜂蝶亂・水漲鵝鴨恣・病蟲蝕敗葉・饑雀啄殘蕊・蝸涎巧誘敵・蛛網耽待餌・籀泥蚓忘疲・戴粒蟻盡瘁・艱難惟一飽・搶攘乃如此・勞生固其所・蠖屈定非計・積雨綠荒畦・生事雜芳穢・野草既滋蔓・勢欲卷千里・蕭艾亦有花・風日還自媚・平生歲寒姿・至此寧獨異・老松皴霜皮・菌蕈若瘢疻・寒梅最孤峭・磊砢已多子・修竹緣牆隈・根荄皆怒起・大哉此春雷・一震興百廢・[153]

◎題註：〈春晴〉第二首，處處不忘人治。

糝—紛布也。

榆錢—榆莢扁圓如錢，俗呼榆錢。

孤標—言特出也。戴叔倫〈遊清溪蘭若〉：「秀色孤標此一峰。」

兀奡—猶兀傲，意氣凌厲也。

虧蔽—虧，不完滿。蔽，覆蓋也。言有疎密也。

布穀、提壺—二鳥俱以鳴聲得名。

蹊—蹊徑，狹路也。

伏莽—《周易 · 同人》：「伏戎於莽。」後用作盜匪伏匿者，此處指莽中之蛙。

蝨—蚊本字。

地毛—《左傳 · 隱公三年》：「澗溪沼沚之毛。」植物也。草也。

籀泥—言蚯蚓排出之泥，其文如籀。籀，大篆也。

勞生—《莊子 · 大宗師》：「夫大塊載我以形，勞我以生，佚我以老，息我以死。」謂多勞苦之人生也。

蠖屈—喻人不得志，如尺蠖之屈。

芳穢—芳草與雜草。

皴—音逡（ceon1）。畫山水染擦之法。

153 手稿見《汪精衛詩詞彙編》下冊頁138。

瘢疻一創傷痕也，音盤紙（pun4 zi2）。

磊砢一 音壘裸（leoi5 lo2），眾多貌。《文選．賦丙．吳都賦》：「金鎰磊砢。」

荄一音該（goi1），根荄也，草木枯莖也。

熱甚既而得雨夜坐東軒作

土田龜坼苗將枯．桔槔鴉軋如哀呼．蝦蟆吻燥作牛喘．炙背欲死思泥塗．長空熒熒三足烏．直以碧落為紅爐．收雲入甑炊作雨．十里山水生糢糊．菰蒲軒舞風來蘇．榆柳放浪無囚拘．老檜偃蹇蒼髯濡．長松揮灑亦自如．夜深微光來庭除．碧梧翠篠膏沐餘．輕涼漸生清響疎．繁星缺月如懸虛．天孫搖曳蔚藍裾．佩以玉玦纍明珠．此時花木靜而姝．天地萬物咸相娛．翠魚紛唼紫菱角．粉蝶悄立紅蓮鬚．我亦跂腳牆東隅．流螢熠熠照觀書．[154]

龜坼一天旱田裂如龜甲。宋王炎〈喜雨賦〉：「視衍沃而龜坼，況高田之未穮。」坼音拆（caak3）。

桔槔一井上汲水器也。《莊子．天運》：「且子獨不見夫桔槔者乎？引之則俯，舍之則仰。」

熒熒一音瑩（jing4），光豔之義。

三足烏一唐滕邁〈慶雲抱日賦〉：「麗碧霄以增媚，捧金烏而徐飛。」相傳日中有三足烏，因稱日為金烏。

偃蹇一高也，又驕傲貌。

濡一漬染也。

天孫一即織女星。

姝一美好也。

唼一同啑，音砸（zaap3）。水鳥食也。

熠熠一音揖（jap1），光明貌。阮籍〈清思賦〉：「色熠熠以流爛兮，紛雜錯以葳蕤。」

154 手稿見《汪精衛詩詞彙編》下冊頁141。

※ 評論：陳石遺云：「土田桔槔」二句及「三足烏」四句，皆如觀照相片，如聞留聲機。

雜詩

處事期以勇・持身期以廉・責己既已周・責人斯無嫌・水清無大魚・此言誠詹詹・污潴蚊蚋聚・暗陬蛇蠍潛・哀哉市寬大・徒以便羣僉・燭之以至明・律之以至嚴・為善必有達・為惡必有殲・由來狂與狷・二德常相兼・[155]

◎題註：虎門要塞司令陳肇英以緝私船載運私鹽被舉報。陳當選候補中委。

詹詹—《莊子・內篇・齊物論》：「小言詹詹。」詞費也。

潴—音豬（zyu1），水所聚也。

蚋—音芮（jeoi6），昆蟲，蚊類。

羣僉—僉，眾也。此猶羣小也。

重過堅底古寺

薝蔔花開古寺東・莓苔依約舊遊蹤・迢迢遠浦乘潮月・謖謖疏林隔水風・梵唄已隨烏雀靜・征衣猶映芰荷紅・牧童黧面吹橫笛・象背徜徉興未窮・[156]

薝蔔—《本草綱目》謂卮子花。或云黃花樹也，樹形高大，花金色，亦甚香，非卮子。薝音詹（zim1）。

徜徉—戲蕩也，音常羊（soeng4 joeng4）。《文選・張衡・思玄賦》：「會帝軒之未歸兮，悵徜徉而延佇。」

155 手稿見《汪精衛詩詞彙編》下冊頁143。

156 手稿見《汪精衛詩詞彙編》下冊頁144。

海上

○必背

明明天邊月·蕩蕩海上波·白雲與之潔·清風與之和·有如赤子心·萬事相湼磨·憂患雖已深·坦白仍靡它·君看寒光澈·碧海成銀河·一葦縱所如·萬里無坎軻·[157]

湖上

一葉煙波萬疊間·垂綸端為釣潺湲·暫留殘照天邊樹·盡抹微雲雨後山·隱霧笛隨黃犢遠·定風帆與白鷗閒·湖光入夜尤奇絕·指點秋星久未還·[158]

麗蒙湖上觀落日

以下十六年

澄波萬斛碧琳腴·雲影下澈如懸虛·忽從空明生絢爛·玉盤眩轉赬虬珠·凝暉流耀天之隅·涵光盪影態萬殊·紫雲生瀾麗且都·爛如滄海明珊瑚·絳霞蘸水柔欲濡·灼如綠波泛芙蕖·飛紅萬點餌遊魚·天吳紫鳳紛縈紆·布帆絮若雲錦舒·白鷗閃閃成金鳧·是時輕煙淡欲無·雪峰豔出如靜姝·臙脂新染凝脂膚·微渦欲動融紅酥·鏡中眉樣畫不如·清暉玉色長相娛·中流雙楫何紆徐·天空沆瀣相吹噓·豈惟光景難具摹·幽閒澹沲意有餘·蒼然暮色來須臾·洛桑鐙火生糢糊·疎星缺月良相須·照我藜杖歸蘧廬·[159]

麗蒙湖—Lac Leman，在瑞士與法國接境處。

大吳—《山海經．海外東經》：「朝陽之谷，有神曰天吳，是為水伯。」

紫鳳—杜甫〈北征〉：「天吳及紫鳳，顛倒在短褐。」

---

157 手稿見《汪精衛詩詞彙編》下冊頁145、348。

158 手稿見《汪精衛詩詞彙編》下冊頁146。

159 手稿見《汪精衛詩詞彙編》下冊頁147。

沆瀣—沆，荷朗切（hong4）。瀣，音械（haai6）。嵇康〈琴賦〉：「餐沆瀣兮帶朝霞，眇翩翩兮薄天遊。」沆瀣，清露也。

澹沲—猶淡蕩也。恬靜暢通之意。

洛桑—Lausanne，湖畔地名。

蘧廬—猶傳舍也，驛站供過客之房舍。

廬山望雲得一絕句

兩山缺處聚遙峰・翠黛含暉色萬重・玉宇瓊樓原在望・只須身入白雲中・[160]

海上

銀漢迢迢玉宇恢・夜深風露滌餘埃・此心得似冰蟾潔・曾濯滄溟萬里來・[161]

題畫梅

繁英若飛瓊・老柯如屈鐵・持此歲寒心・努力戰風雪・[162]

海上觀月

海風吹出月如如・一片清光不可濡・上下翻飛何所似・滌波蕩漾白芙蕖・[163]

如如—《金剛經》：「不取於相，如如不動。」湛然不動貌。

---

160 手稿見《汪精衛詩詞彙編》下冊頁149。

161 手稿見《汪精衛詩詞彙編》下冊頁150。

162 手稿見《汪精衛詩詞彙編》下冊頁151。

163 手稿見《汪精衛詩詞彙編》下冊頁152。

舟中感懷

倚欄惟見水無垠・天海遙從一線分・渺渺滄波峰戴雪・沈沈暝色岫連雲・佳兵似火終難戢・止亂如絲祗益棼・惆悵風濤作松籟・夢回猶認故山聞・[164]

佳兵—《老子》：「夫佳兵者，不祥之器。」王念孫謂「佳兵」當作「隹兵」；隹，古唯字。唯兵為不祥之器也。

白蓮

澹然相對蘊皆空・坐久微馨偶一逢・玉骨冰肌塵不到・亭亭恰稱月明中・[165]

蘊皆空—蘊，佛家謂色、受、想、行、識為五蘊。蘊者積習之義。《心經》：「照見五蘊皆空。」

海上雜詩

朝暉流影入雲羅・盡熨風紋似鏡磨・一種清明和悅意・欲將坦蕩託微波・

碧浪千層天四圍・斜陽欲下尚依依・輕舟驚起潛魚夢・隊隊凌波作燕飛・[166]

164 手稿見《汪精衛詩詞彙編》下冊頁153。

165 手稿見《汪精衛詩詞彙編》下冊頁154。

166 手稿見《汪精衛詩詞彙編》下冊頁155。

春歸

幾日棠梨爛漫開・春歸重對舊池臺・情隨芳草連天去・夢逐輕鷗拍水回・飛絮便應窮碧落・墜紅猶復絢蒼苔・梓桐拱把清陰好・還記年時手自栽・[167]

◎題註：《南社詩話》謂龔定盦「落紅不是無情物，化作春泥更護花」兩句，實能道出志士仁人殺身成仁之心事。朱執信詩：「葉落還根」亦龔定盦詩意。而「雪花入土土膏肥，孟夏草木待爾而繁滋」及「飛絮便應窮碧落，墜紅猶復絢蒼苔」，亦此物此志也。[168] 次聯亦「微雲閉月」一聯意境。

碧落一《度人經》註：東方第一天，有碧霞遍滿，是云碧落。天界也。白居易〈長恨歌〉：「上窮碧落下黃泉。」

※ 評論：《廣東詩話》謂「飛絮墜紅」二句，與「護林殘葉」同其芳烈。

題畫

以下十七年

水精簾押盪微風・玉色清輝掩映中・月即是人人是月・一時人月已交融・[169]

比那蓮山水之勝前遊曾有詩紀之自西班牙橋泝瀑流而上攀躋崎嶇山徑間可六七里得一湖其上更懸瀑布二更上則雪峰際天矣此前詩所未紀也今歲復遊補之如次

峨峨青芙蓉・去天不盈尺・一水孕其內・湛然使寒碧・水光聚峰影・絳縞互明滅・有如置明鏡・倒映天際雪・雪花飛入水・水與雪同冽・又如拓金盤・於此承玉液・昔聞太華頂・天池中蕩潏・此水將毋同・終古流不息・挹彼天上泉・泐此山中石・蕩為千頃波・掛之萬仞壁・遂令百里內・變化杳難測・連峰走風雨・盡凋

167 手稿見《汪精衛詩詞彙編》下冊頁156。

168 請參閱《汪精衛南社詩話》增訂本第十八則。

169 手稿見《汪精衛詩詞彙編》下冊頁157。

鳴霹靂．我來臨清流．毛髮為灑淅．水面如鏡磨．水心如箭激．迴飆之所薄．巉刻露山骨．谷風挾陰冷．白日澹無色．既檥湖上舟．復憩巖下穴．石危松不撓．雪沃花更潔．悠悠無心雲．荒荒斷腸碣．繁星揭中夜．下聽衆流咽．

湖濱危石突出上植一碑昔有英人夫婦新婚旅行泛舟於此溺焉湖境既清對此碑益增遊人感喟[170]

冽—音列（lit6），寒也。

潏—音抉（kyut3），水湧出也。

泐—音勒（lak6），言石因其脈理而解散也。

薄—迫也。《周易· 説卦》：「陰陽相薄。」

檥—音蟻（ngai5），附船着岸也。《史記 · 項羽本紀》：「烏江亭長檥船待。」

瑞士幾希柏瀑布自山巔騰擲而下注於勃里安湖遠映雪山近蔭林木余在此一宿而去

誰歟挽天河．直下幾千仞．人間塵萬斛．快然一洗淨．飄颻下雲梯．跌蕩臨玉鏡．波光散復聚．歷亂雲霞影．平生志淡泊．樂此清絕境．孰云風氣寒．松柏各蒼勁．月出水更幽．泉響山自靜．遲明不忍去．曳杖衆峰頂．[171]

秋夜

以下十八年

夜聞霜林號．撫枕百憂集．朝來天地間．凜凜見寒色．商飆一何迅．掃此流塵積．叢憂亦如此．摧陷苦不力．學道與光陰．勢若常相厄．崎嶇蟻負重．飄瞥駒過隙．豈無欲速意．所戒在枉尺．

---

170 手稿見《汪精衛詩詞彙編》下冊頁158。

171 手稿見《汪精衛詩詞彙編》下冊頁161、332。

不勞而可獲·失之未云惜·短檠不我棄·朝夕伴矻矻·[172]

駒過隙—《莊子·知北遊》：「人生天地之間，若白駒之過隙，忽然而已。」

枉尺—《孟子·滕文公》：「枉尺而直尋」。朱熹註：枉，屈也。直，伸也。八尺曰尋，猶屈一己見諸侯，而可致王霸。所屈者小，所伸者大也。

譯囂俄共和二年之戰士詩一首

吁嗟共和二年之戰士·吁嗟白骨與青史·萬人之劍齊出匣·誓與暴君決生死·暴君流毒遍四方·曰普曰奧遙相望·狄而斯與蘇多穆·就中北帝尤披猖·此輩封狼從瘈狗·生平獵人如獵獸·萬人一怒不可回·會看太白懸其首·

漫漫歐陸苦淫威·孰往摧之吾健兒·嚄唶猛將為指撝·步兵塞野如雲馳·鐵騎蹴踏風為靡·萬衆一心無詭隨·勢若滄海蟠蛟螭·與子偕行兮和子以歌·大無畏兮死靡他·徒跣不恤霜露多·為子落日揮天戈·

日之所出·日之所沒·南斗之南·北斗之北·山之高·水之深·何處不有吾健兒之足跡·綠沈之槍荷於肩·捉襟蔽胸肘已穿·晝不得食兮夜不得眠·身行萬里無歸休·意氣落落不知愁·試吹銅角聲啾啾·有如天魔與之遊·

健兒胸中何所蓄·自由之神高且穆·誰言艦隊雄·截海歸掌握·誰言疆埸嚴·鞾尖供一蹴·吁嗟吾國由來多瑰奇·男兒格鬬如虹霓·君不見祖拔將軍破敵阿狄江之上·又不見馬索將軍耀兵萊茵河之湄·

彎弧先登銳無前·突騎旁出摧中堅·追奔冒雨復犯雪·水深及腹無迴旋·受降城外看銜壁·鼓吹開營森列戟·王冠委地如敗葉·付與秋風掃蹤跡·

健兒一身經百戰·英姿颯爽衆中見·目炬爛如巖下電·短髮蓬蓬

172 手稿見《汪精衛詩詞彙編》下冊頁162。

風掠面・神光朗四照・卓立迥高標・有如狻猊一躍臨岧嶢・怒鬣呼吸風蕭蕭・

壯懷激越臨沙場・雄聲入耳如醉狂・甲刃相觸生鏗鏘・鐃歌傅翼隨風揚・鼓聲繁促笳聲長・間以彈雨聲滂滂・有如雷霆百萬強・喑嗚叱咤毛髮張・嗚呼砉然長嘯者何聲・赫尼俾將軍死猶生・

革命之神慨然而長吁・蒼生億兆皆泥塗・誰無伯叔與諸姑・趣往救之勿踟躕・軀殼雖殄心魂愉・健兒聞之喜・萬口同一唯・相將赴死如不及・前者雖仆後者繼・吁嗟乎孰言窮黎天所僇・君看趯倒地球如蹴踘・

生平不識畏懼與憂患・力從長夜求平旦・由來衆志可成城・端賴一身都是膽・共和之神從指麾・百難千災總不辭・若云共和在天路・便當與子籋雲去・[173]

囂俄—Victor Hugo，今譯雨果，法國作家、詩人。

封狼—大狼。

瘈狗—狂犬。瘈同狾，音制（zai3）。

嚄唶—音獲責（wok6 zaak3）。《史記．魏公子列傳》：「晉鄙嚄唶宿將。」大呼，勇悍意氣盛也。

螭—敕伊切（ci1）。若龍而無角。

綠沈—色之濃綠者。

蝥弧—旗名。《左傳．隱公十一年》：「潁考叔取鄭伯之旗蝥弧以先登。」

銜璧—兵敗降敵，自縛其手，以口銜璧為贄也。《左傳．僖公六年》：「許男面縛，銜璧。」

狻猊—獅子。

岧嶢—音條堯（tiu4 jiu4），山高貌。

鬣—音獵（lip6），髮上衝冠也。

傅翼—猶輔助也。

慨—音慨（koi3），心中悲哀，氣填胸臆也。

173 手稿見《汪精衛詩詞彙編》下冊頁163。

窮黎—猶窮民。謂人之零丁無所依仰者。

趯—踢也，音惕（tik1）。趯鞠，蹴鞠之別稱。書法，筆鋒上出者曰趯。

蹴踘—古習武之戲也。鞠，以皮為之，實以毛，蹴蹋而戲，與近世之踢足球相類。

眾志可成城—《國語 · 周語》韋昭註：「眾心所好，莫之能敗，其固如城也。」

籋雲—《漢書 · 禮樂志》：「籋浮雲。」籋同躡，音聶（nip6），蹈也。

遊春詞

花枝紅映醉顏酡•雜遝遊人笑語和•我更為花深禱告•折花人少種花多•

千紅萬紫各成行•日暖林塘藹藹香•此際園丁高枕臥•遊人自為看花忙•

篠竹蕭森石徑斜•結隣三五盡田家•遊人去後黃蜂靜•付與村童掃落花•[174]

※ 評論：陳石遺云：「折花人少種花多」即《大學》「生眾食寡」之意。又云「園丁、遊人」二句，大有功成身退與扶杖而觀太平氣象。嗚呼，安得於吾身親見之哉！

積雨初霽偶至野橋即目成詠

以下十九年

迴潤初蘇柳•餘寒尚噤鶯•天仍含宿雨•人已樂新晴•負笈兒趨學•提籃婦饁耕•尋常墟里事•入眼總怦怦•[175]

174 手稿見《汪精衛詩詞彙編》下冊頁169。

175 手稿見《汪精衛詩詞彙編》下冊頁170。

金縷曲

民國紀元前二年北京獄中所作

○**必背**

余居北京獄中嚴冬風雪夜未成寐忽獄卒推余示以片紙摺皺不辨行墨就鐙審視赫然冰如手書也獄卒附耳告余此紙乃傳遞展轉而來促作報章余欲作書懼漏洩倉猝未知所可忽憶平日喜誦顧梁汾寄吳季子詞為冰如所習聞欲書以付之然馬角烏頭句易為人所駴且非余意所欲出乃匆匆塗改以成此詞以冰如書中有忍死須臾云云慮其留京賈禍故詞中峻促其離去冰如手書留之不可棄之不忍乃咽而下之冰如出京後以此詞示同志遂漸有傳寫者在未知始末者見之必以余為勦襲顧詞矣此詞無可存之理所以存之者亦當日咽書之微意云爾

別後平安否・便相逢淒涼萬事・不堪回首・國破家亡無窮恨・禁得此生消受・又添了離愁萬斗・眼底心頭如昨日・訴心期夜夜常攜手・一腔血・為君剖・

淚痕料漬雲箋透・倚寒衾循環細讀・殘鐙如豆・留此餘生成底事・空令故人僝僽・愧戴卻頭顱如舊・跋涉關河知不易・願孤魂繚護車前後・腸已斷・歌難又・[176]

◎題註：作者於小序中敍述當時情狀，是為「雙照」之始。

僝僽—音孱晝（saan4 zau3），憂也。

念奴嬌

偕冰如泛舟長江中流賦此

以下民國元年

○**必背**

飄颻一葉・看山容如枕・波痕如簟・誰道長江千里直・盡入襟頭舒卷・暮靄初收・月華新浴・風定波微翦・翛然攜手・雲帆與意俱遠・

記否煙樹淒迷・年年飄泊・淚灑關河遍・恨縷愁絲千萬結・纔向東風微展・野藿同甘・山泉分汲・蓑袂平生願・呢喃何語・掠舷曾笑雙燕・

此詞經冰如推敲再三然後定稿附記於此[177]

◎題註：下闋寫出平生願，與日後題〈冰如以盧子樞所畫長卷見贈因題其

176 手稿見《汪精衛詩詞彙編》下冊頁171。

177 手稿見《汪精衛詩詞彙編》下冊頁174。

後〉相比照。

簟—竹席也。

翛然—《莊子・大宗師》：「翛然而往。」無繫貌。翛音消（siu1）。

高陽臺

福州留別方曾諸姊弟且申相見之約

澹月流波・明霞浴水・釣絲微漾風前・水遠天垂・遙憐遠樹如阡・歸心已逐征颿去・怎離魂轉更淒然・最難忘・話雨鐙陰・聽水欄邊・

年來聚散渾如夢・儘思隨恨積・愁與情緜・閱盡悲歡・鼓山無限雲煙・西窗翦燭曾相約・好凝眸天際歸船・且安排翦了園蔬・引了流泉・[178]

◎題註：元年八月赴歐前，至福州訪摯友曾醒、方君瑛，約同赴法留學。

阡—《文選・謝朓・遊東田詩》：「遠樹曖阡阡，生煙紛漠漠。」茂美貌。

八聲甘州

太平公園在四圍山色中隨水結搆極自然之美余遊記中有句云坡巒起伏水流隨以縈迴花木疏明波光為之映帶蓋紀實也是日大雨衣屐盡濕而遊興轉勝為賦此詞

纔輕雷送雨・便蕭然晚涼滿人間・看疏林風澹・平原暝合・遠水煙涵・是處鳴鳩相和・底事語關關・罨畫溪山里・蓑袂人閒・

夢裏遊蹤曾記・試臨流照影・綠上眉彎・笑遙岑沈醉・依約嚲雲鬟・輕颸微颭枝頭露・似桃波頮面欲生寒・歸來後・一鈎新月・初上闌干・[179]

太平—馬來亞地名，在檳榔嶼之南，其地有公園。

罨畫—雜彩色之畫。見《丹鉛總錄》。罨，音掩（jim2）。

178 手稿見《汪精衛詩詞彙編》下冊頁175。

179 手稿見《汪精衛詩詞彙編》下冊頁176。

嚲一音哆（do2），下垂貌。

靧一洗面也，音誨（fui3）。

齊天樂

印度洋舟中

海波浮簸山如動·孤舟已懸天半·雲幕周遮·星鋩搖漾·月黑冷燐零亂·狂瀾正捲·怎海若頻翻·魚龍未厭·夢入空濛·射潮強弩倩誰挽·

關河此時日遠·鎮無言徙倚·清淚如霰·萬里波濤·百年身世·一樣蒼茫無畔·幡然意渙·羨浴羽魚閒·窩眠燕嬾·驀地憂來·奈何空自喚·[180]

◎題註：〈念奴嬌〉至〈齊天樂〉四闋作於民國元年（一九一二）。

海若一海神名。《莊子·秋水篇》：河伯望洋向若而歎。

射潮一《北夢瑣言》：杭州連歲潮頭直打羅刹石。吳越王錢尚父候潮至，逆而射之，由是漸退。宋蘇軾〈八月十五日看潮五絕〉之五：「安得夫差水犀手，三千强弩射潮低。」

徙倚一《楚辭·哀時命》：「然隱憫而不達兮，獨徙倚而彷徉。」徙倚猶低迴也。

幡然一變動貌。《孟子·萬章上》：「既而幡然改曰。」

渙一流散也。

百字令

七月登瑞士碧勒突斯山巔遇大風雪

泠然風善·忽吹來人在廣寒深處·應是仙峰天外秀·不受人間塵土·四遠微茫·一笻縹緲·白了山中路·披煙下望·青青鬟黛無數·

180 手稿見《汪精衛詩詞彙編》下冊頁178。

還笑初試荷衣・又吟柳絮・萬象更如許・石磴幽花神自峭・慣與長松為侶・孤嶼如樽・明湖似琖・好把酡顏駐・酒醒夜白・寒雲枕下來去・[181]

◎題註：一九一二年作。

碧勒突斯山—Pilatus。

廣寒—《天寶遺事》：明皇遊月宮，見牓曰「廣寒清虛之府」。

柳絮—晉才女謝道韞以柳絮因風起擬雪飛之狀。

幽花—生長於雪山高處之高山火絨草 Leontopodium alpinum，俗稱雪絨花。

浪淘沙

紅葉

○**必背**

江樹暮鴉翻・千里漫漫・斜陽如在有無間・臨水也知顏色好・只是將殘・
秋色陌頭寒・幽思無端・西風來易去時難・一夜杜鵑嗁不住・血滿關山・[182]

蝶戀花

冬日得國內友人書道時事甚悉悵然賦此

○**必背**

雨橫風狂朝復暮・入夜清光・耿耿還如故・抱得月明無可語・念他憔悴風和雨・
天際遊絲無定處・幾度飛來・幾度仍飛去・底事情深愁亦妒・愁絲永絆情絲住・[183]

181 手稿見《汪精衛詩詞彙編》下冊頁179。

182 手稿見《汪精衛詩詞彙編》下冊頁180。

183 手稿見《汪精衛詩詞彙編》下冊頁181。

高陽臺

冰如導遊西湖賦此

風葉書窗・霜籐繡壁・蕭疏近水人家・初日鈎簾・遙青恰映檐牙・湖山已似曾相識・況舊游人倚屏紗・最勾留泉冷風篁・石醉煙霞・
湖光不被芳隄隔・但東西吹柳・遠近浮花・水澹山柔・輕煙暈出清華・夷猶一棹凌波去・亂野鳧飛入蒹葭・夜如何皓月當頭・照澈天涯・[184]

風篁—嶺名，在杭州市西南，上多修篁怪石。

煙霞—洞名，在杭州西南高峰下，內有石刻十八羅漢像。洞旁有佛手巖。

蝶戀花

以下十一年

昔聞展堂誦其中表文芸閣所為詞有一寸山河一寸傷心地之句未嘗不流連反覆感不絕於心近得雲起軒詞讀之則似已易為寸寸關河寸寸銷魂地顧二語意境各殊不能無割愛之憾余冬日渡遼所經行地劌目怵心不忍殫述爰就原句足成此闋點金之誚所不敢辭掠美之愆庶幾知免云爾

雪偃蒼松如畫裏・一寸山河一寸傷心地・浪齧巖根危欲墜・海風吹水都成淚・
夜涉冰澌尋故壘・冷月荒荒・照出當年事・蒿塚老狐魂亦死・髑髏奮擊酸風起・[185]

蝶戀花

大連曉望

客裏登樓驚信美・雪色連空・初日還相媚・玉水含暉清見底・縞峰一一生霞綺・
水繞山橫仍一例・昔日荒邱・今日鮫人市・無限樓臺朝靄裏・風光不管人憔悴・[186]

---

184 手稿見《汪精衛詩詞彙編》下冊頁182。

185 手稿見《汪精衛詩詞彙編》下冊頁184。

186 手稿見《汪精衛詩詞彙編》下冊頁186。

◎題註：民國十一年九月二十二日奉孫先生命晤張作霖於奉天，十月十四返抵上海。

信美—王粲〈登樓賦〉：「雖信美而非吾土兮。」時大連為日本租借。

鮫人—《述異記》：「南海中有鮫人室，水居如魚，不廢機織，其眼泣則出珠。晉木玄虛〈海賦〉云：『天琛水怪，蛟人之室。』」

采桑子

以下十二年

人生何苦催頭白・知也無涯・憂也無涯・且趁新晴看落霞・
春光釀出湖山美・纔見開花・又見飛花・潦草東風亦可嗟・[187]

綺羅香

冰如有美洲之行賦此送之

月色輕黃・花陰淡墨・寂寂春深庭戶・自下重簾・不放游絲飛去・博今宵絮語西窗・拚明日銷魂南浦・最憐他兒女鐙前・依依也識別離苦・
蒼茫煙水萬里・好把他鄉風物・自溫情緒・柁尾低飛・空妒煞閑鷗鷺・當海上朝日生時・是江東暮雲低處・正愔愔梅子初黃・小樓聽夜雨・[188]

◎題註：民國十二年四月，冰如夫人為紀念先烈朱執信，赴美洲籌款建執信學校校舍。「當海上朝日生時，是江東暮雲低處」二句指時差。

齊天樂

過鴉爾加松故居[189]

蔚藍不被纖雲染・輕飆捲來秋爽・遠岫如煙・平沙似雪・人與白鷗同放・漁歌晚唱・看一棹歸來・釣絲微漾・殘日猶明・盈盈新

187 手稿見《汪精衛詩詞彙編》下冊頁187。

188 手稿見《汪精衛詩詞彙編》下冊頁188。

189 1916年，汪精衛、陳璧君、方君瑛以及子女弟妹曾於法國鴉爾加松居住。

月已東上・
滄波澹然相向・似依依繪出當日情狀・草徑全荒・松圍盡長・只有青山無恙・臨風悵惘・儘馬策撾門・塵封蛛網・落葉蕭蕭・亂蟬空自響・

晉羊曇為謝安所器重安居近西州門安既歿曇不敢過西州門一日大醉徑詣城下左右告曰此西州門也曇感動馬策撾門大哭而去余過鴉爾加松方氏姊君瑛故居悲不自勝故用此語[190]

◎題註：方君瑛女士以民國十二年（一九二三）六月十四日在上海逝世。

行香子

皛皛平川・快雨初晴・棹扁舟一葉風輕・煙消穹碧・雲歛遙青・看半江霞・烘素月・作微赬・
圓波如鏡・疎林倒照・似蟾宮桂影縱橫・冥然几坐・風露泠泠・儘月搖心・波搖月・兩無聲・[191]

皛皛—徐灝《說文解字注箋》：「皛與皎音義同」。陶潛〈辛丑歲七月赴假還江陵夜行塗口〉：「昭昭天宇闊，皛皛川上平。」

穹碧—猶穹蒼，謂天也。

蟾宮—月宮也。俗傳月中有蟾蜍。

探春慢

風惜殘紅・雨培新綠・又是一番天氣・淺草鳴蛙・浮萍聚鴨・各有十分生意・誰道春歸了・看滿眼芳菲如此・空憐噈鴂多情・聲聲為春憔悴・
省識清和味好・況野色晚來・恰稱新霽・薄靄收霏・流虹散彩・玉宇天然無滓・一點谿山月・曾照我杏花陰裏・只願清輝・湛然不令心起・[192]

190 手稿見《汪精衛詩詞彙編》下冊頁190。

191 手稿見《汪精衛詩詞彙編》下冊頁192。

192 手稿見《汪精衛詩詞彙編》下冊頁193。

唬鴂一唬，同啼。鴂，伯勞鳥，《玉臺新詠》：「東飛伯勞西飛燕，黃姑織女時相見。」此喻離別。

清和一《魏文帝 · 槐賦》：「天清和而溫潤，氣恬淡以安治。」形容暮春天氣。

霏一雨雪貌。東晉謝靈運〈石壁精舍還湖中作〉詩：「林壑斂瞑色，雲霞收夕霏。」

湛然一澄也。東晉謝混〈遊西池〉詩：「景昃鳴禽集，水木湛清華。」

浣溪沙

遠接青冥近畫闌・鷗飛渺渺不知還・陵高彌覺碧波寬・
玉宇鮮澄新雨後・翠嵐融冶夕陽間・果然人世有清安・[193]

百字令

蒙特爾山中作

蒼崖四合・悄無人惟見玉龍飛舞・萬仞盤紆行漸上・卻似凌虛微步・眾壑森森・連山簇簇・捲入雲濤去・一峰未沒・傫然如作孤注・

堪歎玉宇瓊樓・清寒如此・留得何人住・縱使素娥能耐冷・脈脈此情誰訴・小夢醒來・殘輝猶在・滴滴沾衣露・曙霞紅映・霓裳應為君賦・[194]

蒙特爾山一Monte Dore，山在法國境內。

傫然一頹喪背僂狀，又可指重疊堆積之貌。

霓裳一《唐逸史》：「羅公遠多祕術，嘗與玄宗至月宮，仙女數百，皆素練霓衣，舞於廣庭，問其曲，曰〈霓裳羽衣〉。」

193 手稿見《汪精衛詩詞彙編》下冊頁194。

194 手稿見《汪精衛詩詞彙編》下冊頁195。

小休集跋

嘗讀南社詩話關於汪精衛先生之詩有一條如左

去歲冬日余於坊間購得汪精衛集四冊第四冊之末附詩百餘首又購得汪精衛詩存一小冊讀之均多訛字不可勝校曾各買一部以寄示精衛並附以書問訊此等出版物曾得其允許否何以訛謬如此嗣得精衛覆書如下奉手書及刻本兩種敬悉弟文本以供革命宣傳之用不問刊行者為何人對之惟有致謝至於詩則作於小休與革命宣傳無涉且無意於問世留以為三五朋好偶然談笑之資而已數年以前旅居上海葉楚傖曾攜弟詩藁去既而弟赴廣州上海民國日報逐日登弟詩藁弟致書楚傖止之已刊布大半矣大約此坊間本即搜輯當時報端所刊布者刊布尚非弟意況於印行專本乎訛字之多不必校對置之可也

又有一條如左

余嘗在廣州東山陳樹人寓得見精衛手錄詩藁簽題為小休集並有自序一首以精衛之自序勘精衛之詩覺其所言一一吻合蓋精衛在北京獄中始學為詩當時雖鋃鐺被體而負擔已去其肩上誠哉為小休矣囚居一室無事可為無書可讀舍為詩外何以自遣至於出獄之後則紀游之作居其八九蓋十九年間偶得若干時日以作游息而詩遂成於此時耳革命黨人不為物欲所蔽惟天然風景則取之不傷廉此蘇軾所謂惟江上之清風山間之明月取之無盡用之不竭者精衛在民國紀元以前嘗為馬小進作詩集序最近為陳樹人作畫集序皆引申此義彼為汪精衛詩存作序者殆未知精衛作詩之本恉也

以上二條皆深知汪精衛先生者顧先生之詩雖自以為與革命宣傳無涉不欲出而問世然其胸次之涵養與性情之流露能令讀者往往愛不忍釋而坊間刻本既多訛謬即南社同人如胡樸安所為叢選鈔先生之詞亦復羼入他人所作然則苟得善本而精校之刊布於世以供讀者使無魯魚虛虎之憾固藝林之所樂聞而亦先生不以為忤者也余從先生久得見先生手所錄詩藁雖生平所作或不止此然既為先生所手錄則其可深信不疑已無俟言爰與二三同志謄錄校勘印成專本以餉愛讀先生之詩者並紀其始末如右

民國十九年六月二十日 曾仲鳴謹跋

掃葉集

掃葉集序

小休集後，續有所作，稍加編次，復成一帙，中有重九登掃葉樓一首，頗道出數年來況味，因以掃葉名此集云。

汪兆銘精衛自序

頤和園

四山微雨洗煙霏・萬點波光動翠微・白鳥快穿虹影過・綠楊遙帶浪花飛・排雲宮闕空如許・橫海樓船遂不歸・未與圓明同一炬・金甍猶得醉斜暉・

清葉赫那拉后移海軍經費以築此園故詩中及之

翠微一謂未及山頂，在旁陂陀之處。一說山氣青縹色，故曰翠微也。

圓明一圓明園在北京海淀，康熙四十八年建，以賜世宗。宏麗裔皇，聞名中外，咸豐十年秋，英法聯軍破京師，縱火焚燬。

甍一音萌（mang4），屋脊也。

衛輝道中

川原如錦煥朝陽・生氣蓬蓬布八荒・漫地牛羊成異色・滿山松柏散幽香・野田零露宜禾稼・墟里炊煙熟稻粱・一種融融真樂在・夫耕婦饁本家常・

衛輝道中一衛輝府設河南省，治封丘等十縣，民國廢。

煥一火光也，明也。《論語・泰伯》：「煥乎！其有文章！」

饁一音曄（jip6），餉田食也。《詩經・豳風・七月》：「饁彼南畝。」

太原晉祠有老柏偃地人云周時物也為作一絕句

晉祠老柏倚天長・布影寒流色更蒼・羨汝蕭然明月下・不知人世有風霜・

太原一在山西省。

他日復得一絕句

枕流端為聽潺湲・別有虬枝上接天・此樹得毋同臥佛・沈沈一睡二千年・

中秋夜作

纔息青鐙下薄帷·窗間了了見花枝·由來明月多情甚·不照團欒照別離·

對月

枯樹藏鴉白可窺·冰蟾欲沒更遲遲·沙場戰骨閨中婦·共影同光此一時·

過鴈門關

殘烽廢壘對茫茫·塞草黃時鬢亦蒼·賸欲一杯酬李牧·鴈門關外度重陽·

一抹殘陽萬里城·更無木葉作秋聲·誰知獵獵西風裏·鴻鴈南來我北行·

鴈門關——一名西陘關，山西代縣西北鴈門山上，古戍守重地。

烽—烽燧也。邊方告警，作高土臺，有寇即舉火相告。

李牧—戰國趙將，守代及鴈門。

道中作

行役何時已·秋深景物繁·亂山芭大野·平地茁遙村·歸牧鈴聲急·爭巢樹影翻·小休容可得·鐙火在柴門·

潭上

百尺秋潭徹底清·冰蟾徐在鏡中行·琤瑽忽作瓊瑤碎·不是波聲是月聲·

雜詩

*必讀

海濱非吾土．山椒非吾廬．偶乘讀書暇．於此事犁鋤．相坡蒔花竹．欲使交扶疎．培塿鑿為田．因以治瓜蔬．曾聞斥鹵地．三歲不成畬．土膏未盈畚．石骨已專車．敢云心力勤．可以變荒蕪．筋骨既已疲．魂夢或少舒．朝來視新栽．日照東山隅．多謝杜鵑花．使我衰顏朱．

佳種不易致．移自遠山隈．珍重萌蘖生．一日看十回．小筧引新泉．泠泠滿尊罍．天寒雨澤少．何以報瓊瑰．悠然空谷間．蝴蝶忽飛來．舊草為君青．新花為君開．

韓公好悲春．宋子好悲秋．區區不忍心．人乃謂何求．世情惡真率．巧笑飾煩憂．大度惟蒼旻．可以縱怨尤．由來于田人．號泣不可收．於氣則至剛．於情則至柔．春秋有佳日．欲與共綢繆．

朝來霧氣重．天半山盡失．初陽雞子紅．破白乃無力．披蓑行林間．雨自蓑針滴．縮項入笠簷．苔滑礙行屐．草根泥漸解．萍際水微活．荷鋤此其時．沾衣詎云惜．梅花顧我笑．數枝正紅溼．遙知新霽後．青動萬山色．

青松受嚴風．兀兀不肯馴．不如靡靡草．暫屈還復伸．強項性使然．骨折何足論．我行松林下．風落不拾巾．不辭眾草笑．只畏青松嗔．

海堧多悲風．草木不易蕃．曠土終可惜．結搆成小園．種菜與鋤瓜．閉門學隱淪．古人或有然．此意匪我存．日欲去荒穢．手欲除荊榛．熟雲筋力衰．猶足任斧斤．有蘭生前庭．有菊榮東軒．有豆種南山．有桑植高原．桃李以為華．松柏以為根．秋風不能仇．春風不能恩．豁然披我襟．海天蕩無垠．

我聞古人言．脩竹比君子．見賢思與齊．上達終不已．嶺南有木綿．兀幂亦可喜．每當伍凡卉．輒欲出頭地．黃老實中怯．不殆

因知止・坐令習陰懦・伈伈無生氣・吾生良有涯・斯道乃無涘・慨然念征邁・養勇在知恥・

去惡如薅草・滋蔓行復萌・掖善如培花・芒芒不見形・平生濟時意・枵落無所成・倚枕忽汍瀾・中夜聞商聲・願我淚為霜・殺草不使生・願我淚為露・滋花使向榮・不然為江河・日夜東南傾・

◎題註一：「海濱」〈雜詩〉作於民十九年（一九三〇）。時寓居香港赤柱海濱，後人名之為 South Cliff。擴大會議在醖釀中。

◎題註二：第一首，民國十八年己巳，翁[195]自海外歸，寄居香島赤柱海濱，賦此述懷，暇日好躬蒔花竹，篇中所云，亦之實也。第八首「平生濟時意」，濟益也，救助也。「為霜為露，殺草滋花」，革命黨人之胸襟，革命黨人之熱淚！

山椒一山頂。《文選・謝希逸・月賦》：「菊散芳於山椒。」

培塿一小丘。

斥鹵一可煮鹽而不能耕種之地。

畬一田二歲曰畬。

畚一音本（bun2），草索盛器也。

筧一音繭（gaan2），以竹通水也。

瓊瑰一石而次玉。《詩經》：「何以贈之、瓊瑰玉佩。」此為珍貴之贈物。

韓公好悲春一韓愈有〈感春〉詩三首。

宋子好悲秋一戰國楚宋玉〈九辯〉：「悲哉秋之為氣也。」

蒼旻一猶蒼天也。《北齊傳・顏之推傳》：「招歸魂於蒼旻。」

海堧一海濱隙地。堧音員（jyun4）。

荊榛一荊棘榛梗之謂，紛亂阻梗也。

黃老一黃帝與老子為道家之祖。

知止一《漢書・疏廣傳》：「吾聞『知足不辱，知止不殆。』」殆，危也。

薅一音蒿（hou1），拔除田草也。

掖一扶持培養也。

195 何孟恆為婿，以翁稱汪精衛。

枵落一枵音囂（hiu1），空虛之義。落，廢敗也。

汍瀾一《文選．歐陽建．臨終詩》：「揮筆涕汍瀾。」涕流貌。

※ 評論：陳石遺謂作者以嗣宗、淵明之筆力，寫許身稷契之懷抱。為魏晉而不為魏晉所囿。第三、第六、第八數首尤「落筆搖五嶽，笑傲凌滄洲」矣。

《粵東詩話》云：「《雜詩》八首，似欲步武東坡八首。指事篤摯，舖敍宛轉，比之東坡，未遑多讓。其洗削之功，尤覺匠心獨運也。」並謂最愛第一首。第四首「荷鋤」以下數句亦正自可細讀。

即事

整頓書城暫作家。漁鐙明處是天涯。漫遊踪跡如飄絮。學道光陰似養花。缺月愈教林影靜。微風不放竹枝斜。閒來且倚闌干立。莫負芳時攬物華。

◎題註：赤柱寓居臨海，月廿八之夜，漁船每懸明燈，並叩槲以聚漁群，此景別二十年矣，掩卷思之，猶在目前也。

飛花

○必背　★必讀

疾風吹平林。衆樹失芳菲。古今傷心人。淚眼看花飛。花飛正紛紛。子生已離離。今日青一捻。他日大十圍。一樹能開千萬花。不啻一花化作千萬枝。花亦解此意。飛去不復疑。飄颻隨長風。安擇海角與天涯。今年送春去。明年迎春歸。新花未滿枝。故花已成泥。新花對故人。焉知爾為誰。故人對新花。可喜還可悲。春來春去有定時。花落花開無盡期。人生代謝亦如此。殺身成仁何所辭。[196]

◎題註：借落花以述成仁之志，視死如歸。自「花飛正紛紛」始，即反覆道出結句意旨。

一捻一一捏也。

196 手稿見《汪精衛詩詞彙編》下冊頁333。

圍一計度圓周之名。《韻會》：「一圍五寸。」又云：「一圍三寸。」又一抱謂之圍。

兩三年前嘗養疴麗蒙湖濱樂其風景冬夜擁被憶之如在目前成絕句若干首

清曉湖奩向日開・雲天上下淨無埃・水光凝碧山橫紫・著个輕帆似雪來・

雨餘天外滿青山・病起微嫌足力孱・小立闌干看亦好・人生難得暫時閒・

萬頃湖光一小舠・水波嬾嬾不成濤・畫橈點鏡知何似・羹匕輕調碧玉膏・

漠漠湖光淡淡風・天邊初見日曈曈・須臾鍛鍊山頭雪・影落波心萬炬紅・

風日清嚴氣更激・森然秦鏡欲生棱・白鷗叫破千山靜・飛下湖心啄斷冰・

花木樓臺掩映間・扁舟載得夕陽還・舉頭天外分明見・卻向波心望雪山・

拏舟緩緩近菰蒲・驚起橋頭雪色鳧・飛入水精盤子去・波光如汞月如珠・

露溼苔磯夜氣生・水清荇藻更縱橫・垂綸別有悠然意・不釣游魚釣月明・

戴雪峰如高士髮・皺霞波似美人顏・小詩裁就從頭讀・抵得乘桴一往還・

奩一音廉（lim4），鏡匣也。

舠一音刀（dou1），小船也。

匕—音比（bei2），匙也。

曈曈—日欲明也。宋寇準〈離京作〉：「朣朧初日上觚稜。」

澂—澄本字。清也。

秦鏡—秦始皇有鏡，能照人五臟。女子有邪心則膽張心動。見《西京雜記》。此則為鏡之通稱。又後世頌官吏之善於折獄者曰「秦鏡高懸。」

木芙蓉

隨分濃妝與淡妝•水邊林下最清揚•霜華為汝添顏色•只合迎霜莫拒霜•

朝來玉骨傲西風•晚對斜陽酒暈紅•如此獨醒還獨醉•幾生脩得到芙蓉•

◎題註：「只合迎霜莫拒霜」、「晚對斜陽酒暈紅」二句寫其清婉。

清揚—《詩經．鄭風．野有蔓草》：「有美一人，清揚婉兮。」眉目之間，婉然美也。

余詠木芙蓉有句云霜華為汝添顏色只合迎霜莫拒霜他日檢蘇東坡詩集有和陳述古拒霜花詩云喚作拒霜知未稱細思卻是最宜霜此誠所謂得句還愁後古人也因引申此義復成二首

棠梨榮春風•芰荷舒夏日•豈或使之然•於性各有適•芙蓉生水畔•未與蒲柳別•一朝犯霜露•凜然見顏色•亭亭如靜女•落落少華飾•翠袖亦已薄•素心有餘熱•初陽為傅粉•亦不嫌太白•夕陽為施朱•亦不嫌太赤•態含三春豔•氣得九秋潔•雲霞以為華•冰雪以為質•瀟湘鑑其姿•表裏皆清絕•既緬林下風•復懷高世節•會當延素娥•樂與永今夕•

士生抱耿介•憂患乃乘之•及其茹荼久•翻謂甘如飴•芙蓉亦草木•詎與繁霜宜•艱難九秋中•葆此貞秀姿•正如處厄窮•志節

乃爾奇・誰知方寸間・歷歷皆瘡痍・西風日淒厲・百卉歸黃萎・後彫亦何為・踽踽良可悲・[197]

◎題註一：〈木芙蓉〉二題，前寫其清婉，後頌其英烈。「後彫亦何為」二結句，直壯士悲歌矣，亦〈重九集掃葉樓分韵得有字〉之「松柏恥彫後」也。

◎題註二：翁生平喜木芙蓉，題秋庭晨課圖卷，猶有「木芙蓉娟娟作花」之句[198]，宜乎其印象之深也。居南京陵園時，植之至多，所詠詩亦最傳神，木芙蓉可謂得知己矣。

翠袖一杜甫〈佳人〉：「天寒翠袖薄，日暮倚修竹。」

林下一《世説・賢媛》：「王夫人神情散朗，故有林下風氣。」後因稱頌婦女舉止閑雅者日有林下之風。

茹荼一食苦菜也。《詩經・邶風・谷風》：「誰謂荼苦？其甘如薺。」

葆一通保。

踽踽一音矩（geoi2）。《詩經・唐風・杕杜》：「獨行踽踽。」

夜起

星斗耿檐際・微霜溼畫闌・蟲聲深院靜・鴈影碧天寬・簌簌黃金樹・幽幽白玉蘭・秋來如有跡・思發自無端・

黃金樹一名桉樹自澳洲移植
白玉蘭花類含笑而香色益清粵中多植之

弔鐘花

日華的皪滿樓臺・照取繁花爛漫開・想見瑤池王母宴・衆仙同覆紫霞杯・

---

197 手稿見《汪精衛詩詞彙編》下冊頁199。

198 〈秋庭晨課圖跋〉全文見《汪精衛生平與理念》頁517。

蕊珠和露浥微馨．風味清淳似綠醽．我與衆生同一醉．千鐘撞罷不曾醒．

弔鐘花惟嶺南有之鼎湖山最盛

弔鐘花—Enkianthus quinqueflorus。

醁醽—酒名。《抱朴子．嘉遁》：「寒泉旨於醽醁。」

※評論：《廣東詩話》云：「寫弔鐘之情韻有獨到。」

題陳樹人娘子關秋色圖

夜涉滹沱感逝川．馬蹤車轍又經年．還來表裏山河地．坐對漂搖風雨天．不斷秋聲聞觱篥．漸疎林葉見鴟鳶．才難千古元同歎．巾幗成名亦自賢．

陳樹人—番禺人，能詩，善畫，師事嶺南畫家居廉。夫人居若文為居巢孫女。

娘子關—葦澤關在山西平安縣。相傳唐平陽公主率娘子軍駐此，故名娘子關。

滹沱—河名，出山西，經河北入海。

觱篥—樂器名，龜茲之樂也。音必栗（bit1 leot6）。

先太夫人秋庭晨課圖亡友廖仲愷曾為題詞秋夜展誦泫然賦此

○必背

一卷殘編在短檠．思親懷友淚同傾．百年鼎鼎行將半．孤影蕭蕭只自驚．人事蹉跎成後死．夢魂勞苦若平生．風濤終夜喧豗甚．鎮把心光對月明．

◎題註一：一九二九年秋九月作。〈秋庭晨課圖〉自記云是兒時依母之狀。其時作者九歲，平旦必習字於中庭，母必臨視，日以為常。秋晨蕭爽，木芙蓉娟娟作花，藤蘿蔓於壁上。圖經粵畫人溫其球及曾仲鳴夫人方君璧先後各繪一本。方氏後作，更能繪出當日情狀。廖仲愷為題詞二首。其中〈瑞鶴仙〉一首有「宇宙間，惟愛長存，萬事都隨流水」之句，最為傳誦。

◎題註二：〈秋庭晨課圖〉有兩卷，其一為嶺南溫其球，幼嘗奉筆，曾一度失所在，因更將當日依稀情狀為方氏十一姑細述，囑吾為繪製。其後溫圖復得[199]，兩卷相較，方氏作尤為傳神，因移取前所題跋與方氏作共裝成壹跋，文長不及錄[200]，茲錄廖詞如後。

附錄廖詞原載《雙清詞草》

〈瑞鶴仙題汪精衛先生太夫人課字圖〉

一園紛紫翠，正衣線停拈，閒庭課字，弱齡(問)纔幾，便戲鴻妙筆，食牛英氣，淋漓滿紙，早博得慈顏春霽，宇宙間，惟愛長存，萬物都隨流水，徒爾文章一代，勳業千秋，春暉難繫，畫圖寂對抵多少，陟圯興思，祇粉牆一角，凌霄花發，卜得君家人事，撫蘭孫玉立成行，恍聞鸞噦。

〈畫堂春〉題同前

紅花綠樹傘堂西，故園風景依稀，學書曾記作鴻飛，解得慈頤，好雨已遲萱草，人間何處春暉，畫圖空省舊庭幃，夢也淒其。

廖仲愷—粵華僑，追隨孫中山先生。曾任廣東省長，財政廳長等職。民國十四年八月二十日遇刺逝世。

方君璧—畫家，留學法國。

鼎鼎—陶潛〈飲酒二十首〉詩之三：「鼎鼎百年內，持此欲何成。」形體怠慢貌。謂百年甚速，而人自怠慢，何能成事也。

蹉跎—失時之意。晉阮籍《詠懷》詩：「娛樂未終極，白日忽蹉跎。」

喧豗—鬨聲，李白〈蜀道難〉：「飛湍瀑流爭喧豗。」豗，音灰（fui1）。

鎮—《唐音癸籤》謂六朝及唐人詩多用鎮子，蓋有常之義。

※評論：陳石遺云，此圖重在念母，與斤斤專注課讀以表有成者不同，因題一長句云。

雨霽

迴飆忽捲雨簾纖．爽籟幽光此際兼．洗滌長天為砥礪．磨礲新月作鈎鐮．劃開碧落銀河湧．淨刈浮雲玉宇嚴．夜靜更饒風景澈．倚闌數徧萬峰尖．

199 〈秋庭晨課圖〉溫其球與方君璧版現存胡佛研究所圖書檔案館。

200 〈秋庭晨課圖跋〉全文見《汪精衛生平與理念》頁517。

雨後郊行

芳樹緣溪灣復灣・靜聞幽鳥答潺湲・微風忽幻波間月・薄靄能勻雨後山・桑陌陰濃筐筥集・稻田水滿桔槔閒・彌望新綠非無謂・天使疲氓一破顏・

潺湲—水流貌，《後漢書．張衡傳》：「亂弱水之潺湲兮。」

筥—音舉（geoi2），竹製圓形盛器。

氓—民也，音萌（mang4）。

夜泛

微雨颯然過・川原生夕涼・風平波去嬾・雲碎月行忙・螢火出林大・漁鐙在水長・慢搖孤棹去・荷葉久低昂・

臥病莫干山中作

秋月愛閒曠・亭亭臨空山・山亦愛清輝・膏沐千螺鬟・流泉隔深竹・夜靜聞潺湲・歡然禮素娥・環佩鳴珊珊・莫邪助干將・鑄劍誅神姦・豐城久湮鬱・延津何時還・今宵映水月・光射牛斗寒・始知芙蓉錟・赫然留人間・何當抉銀河・灑作甘露漙・下土同披襟・快然洗痌瘝・

◎題註：〈臥病莫干山中作〉以下六首一九三三年九月十六至十月五日山中作。

神姦—《左傳．宣公三年》：「使民知神姦。」指鬼神怪異之物，能害人者。

豐城—江西縣名。晉雷煥為令，得寶劍於此。

延津—河南延澤縣北。晉石勒襲劉曜出此。

芙蓉錟—芙蓉，劍名。此指劍之光芒。

漙—音團（tyun4），露多貌。《詩經．鄭風．野有蔓草》：「零露漙兮。」

下土—謂天下也。屈原〈離騷〉：「苟得用此下土。」

病中作

奮飛無力但長吁·臥看簾波日影徂·國勢急如駒下坂·世程曲似蟻穿珠·差池未得三年艾·枵落徒懸五石瓠·移枕正遲明月上·枝頭烏鵲莫驚呼·

飛飛螢火惜居諸·一病因循久廢書·曲突徙薪嗟已矣·焦頭爛額復何如·猶聞蝸角爭蠻觸·敢望豚蹏得滿車·夜半打窗風雨惡·有人躑躅望蘧廬·

三年艾—《孟子·離婁上》：「今之欲王者，猶七年之病求三年之艾也。」艾可灸人病，乾久益善。此指良藥，喻事當預為儲備。

五石瓠—見《莊子·逍遙遊》。言無用也。

居諸—《詩經·邶風·日月》：「日居月諸。」本語助詞。後人稱光陰曰「居諸」。

曲突徙薪—《漢書·霍光傳》：「臣聞客有過主人者，見其竈直突，傍有積薪，客謂主人，更為曲突，遠徙其薪，不者且有火患。主人嘿然不應。俄而家果失火。」突，今謂之煙囪。

蝸角蠻觸—蝸牛之角，喻微小。《莊子·則陽》：有國於蝸之左角者曰觸氏，有國於蝸之右角者曰蠻氏，時相與爭地而戰。

豚蹏—《史記·滑稽列傳》：穰田者持豚蹏杯酒而祝五穀蕃熟，淳于髡見所持者狹，所欲者奢而笑之。

蘧廬—《莊子·天運》：「仁義，先王之蘧廬也。」蘧廬猶云傳舍。人所止息，前人已去，後人復來，轉相傳也。

晚眺

茅茨絕頂四無鄰·浩浩川原暮色勻·逸鹿窺籬頻引領·歸猿戲樹欲忘身·雲來忽使山都活·月上還於水最親·乞得林間一席地·鴉喧不礙苦吟人·

山中即事

萬峰雲際互沈浮・樹石生霉不似秋・好是風吹涼月醒・竹聲和影入瓊樓・

入山十日雨多晴少於其將去投以惡詩

玆山陰雨窟・勢已席全勝・陽光攖其鋒・卻退恐不猛・白雲尤誕謾・晴晦惟所命・當其出地底・不雨亦陰凝・著草草生毛・著樹樹生癭・著水水糢糊・著山山飣餖・峰頭與林麓・千百懸巨絙・上縋天使墜・下汲地使迥・昏然天地合・萬象同一暝・山川與城郭・次第收入甑・可憐炊煙起・但見餘沫迸・黑子七八九・高峰露其頂・須臾亦沉沒・漠漠遂千頃・我來山中住・初意得佳景・澄懷挹秋爽・虛抱洽山靜・豈知遘此厄・耳目皆已屏・愧無玄豹姿・隱霧豈其性・出門心惴慄・跬步皆陷阱・臨水不聞聲・對山不見影・退藏一室內・又似蛙在井・更如鼠居穴・晝伏不敢逞・大雲偪戶牖・咄哉兵壓境・紙檽偶投隙・突入遂馳騁・濛濛一室內・方向渾不省・曉帷垂沈沈・晝燭燒耿耿・悶疑絮塞鼻・溼恐菌生脛・踐地忽如浮・觸壁嗟已梗・十日未一醉・胡為此酩酊・不如鋪大被・高臥待其醒・[201]

攖—音嬰（jing1），迫近也，觸也。《孟子・盡心下》：「虎負嵎，莫之敢攖。」

飣餖—《食經》：五色小餅盛盒累積曰飣餖。言山峰堆垛如飣餖也。

絙—大索。

玄豹—《列女傳・陶荅子妻》：「妾聞南山有玄豹，霧雨七日而不下食者，何也？」

跬步—半步，一舉足也。

梗—阻塞也。《唐書・李靖傳》：「至長安，道梗。」

---

201 手稿見《汪精衛詩詞彙編》下冊頁200–202。

送別

把酒長亭杯已空・行人車馬各西東・楓林不共斜陽去・自向荒郊寂寞紅・

對月

蕩蕩青天萬頃田・壞雲如草月如鐮・姮娥不作包荒計・淨刈空華見妙嚴・

包荒—量度寬大也。《易・泰》:「包荒,用馮河,不遐遺。」能包含荒穢也。

夏夜

藉草蔭林坐・勞人珍夜涼・風枝搖復止・露葉暗生光・鶴夢從酣穩・蛙聲正肆狂・依依星斗沒・耒耜及朝陽・

耒耜—耒,路內切(leoi6),耜音自(zi6),起土用農具。

觀月戲作

二妃把臂游雲海・指點齊煙橫杳靄・酒酣笑解明月珠・拋入滄溟發奇采・蕭蕭微風起青萍・千波化作蒼龍鱗・一鱗中有一珠在・水晶宮闕成繽紛・一丸自向天心靜・萬盞波光浮不定・須臾水月已交融・匹練秋光霜外冷・[202]

二妃—舜之二妃娥皇、女英投水而為湘夫人,水神。見《楚辭・九歌》。

齊煙—唐李賀〈夢天〉詩:「遙望齊州九點煙。」齊,中也。

匹練—《漢書・食貨志》:布帛長四丈為匹。已練之帛曰練,形容水月之光。

---

202 手稿見《汪精衛詩詞彙編》下冊頁203。

夜起

月色縞庭樹・輕風生夜闌・四圍聲影靜・松蟀伴微歎・野曠戍樓直・江明漁火殘・疎枝近河漢・還念鵲巢單・[203]

重九集掃葉樓分韵得有字

★必讀

驚風飄落葉・散作沙石走・擁篲非不勤・積地倏已厚・仰觀高林杪・柯條漸堅瘦・危巢失所蔽・岌岌不可久・宿鳥暮歸來・棲託已非舊・踟躕集空枝・婉孌終相守・此時登樓者・歎息各搔首・西風日淒厲・殆欲摧萬有・何以謝歲寒・臨難義不苟・蒲柳奮登先・松柏恥彫後・敢辭晚節苦・直恐初心負・高人緬半千・佳節遘重九・還當掃落葉・共煑一尊酒・[204]

◎題註：作者以「掃葉」名詩集，可見對此中心境，十分重視。同參讀《掃葉集》序。此詩成於民國二十二年（一九三三）。其時日本已入侵中國，形勢日感，國人無時不在艱苦奮鬥之中。松柏後彫，由來俱作堅貞不屈之象徵。此則以蒲柳先登喻踴躍爭先，犧牲禦侮，為前人所未道，同時亦為蒲柳平寃。

掃葉樓—在南京清涼山。

婉孌—《後漢書．朱祐傳贊》：「婉孌龍姿。」註：婉孌猶親愛也。

半千—龔賢，字半千，又字野遺（一六一八—一六八九）明末清初人。原籍江蘇崑山，早年流寓南京。清兵攻陷南京，投入反清復明行列。十年後返回南京，隱居於近郊清涼山。居所旁有田半畝，可蒔花竹，稱為「半畝園」。自此致全力於繪畫，在畫壇大放光采，被稱為「金陵八家」之首。

遘—遇也。

※評論：陳石遺《石遺室詩話續篇》云：慨當以慷，不作一躲閃語，的是此人詩，的是此地詩。屈向邦《廣東詩話》：雙照樓主抱悲天憫人之懷，行知行合一之旨。〈重九掃葉樓〉一首，意思深厚，詞筆沈著，允稱名作。

---

203 手稿見《汪精衛詩詞彙編》下冊頁334。

204 手稿見《汪精衛詩詞彙編》下冊頁204–207。

秋夜

露冷庭除夜已分·麗空星斗正繽紛·旻天不作防川計·萬葉喧秋只靜聞·

◎題註：「旻天」二句，似有所指。

冬晴郊行書所見

曀曀層陰塞兩間·豁然風物變朝顏·霜絲盡綴玲瓏樹·日炬渾融鐵石山·迥野清嚴人意適·長空寥闊鳥飛閒·攜筇更上崎嶇路·數點黃梅若可攀·

曀曀—陰晦貌，音翳（ai3）。《詩經·邶風·終風》：「曀曀其陰。」

兩間—謂天地之間也。

黃梅—蠟梅，花黃，甚芳香。

春晝

林影遲春晝·柔風弄袷衣·花明酣日氣·柳密亂煙絲·窗紙留蜂駐·簾旌礙燕歸·苔痕如有會·綠滿舊漁磯·

山行

幽深不可盡·磐石憩中程·壑聚千花影·泉流萬竹聲·靜恬魚得所·戒慎鹿微行·未覺冰輪上·羣峰背漸明·

禊日集後湖分韻得林字

春服初成感不禁·物華人事兩駸駸·曉風宛轉傳新哢·夜雨殷勤澤舊林·各有興懷時世異·了無間斷化工深·君看枝上青如豆·肯負飛花墜溷心·

後湖—南京玄武湖。

駸駸—馬行疾貌。《詩經・小雅・四牡》：「載驟駸駸。」

哢—音弄（lung6），鳥吟也。西晉左思〈蜀都賦〉：「雲飛水宿，哢吭清渠。」

※ 評論：《廣東詩話》：「君看枝上青如豆，肯負飛花墜溷心」，不衹表章芳烈，且以為職志矣。

菊

○必背

爛漫花枝總剎那・東籬秋色獨峨峨・能同風露撐持久・兼得雲霞變化多・華采外敷神自澹・堅貞內蘊氣彌和・平生不作飄茵計・但把殘英守故柯・[205]

◎題註：結句與「護林殘葉」同其心事。

剎那—梵語，譯言一念，時之最短者，剎音煞（saat3）。《仁王護國般若經》：一念中有九十剎那，一剎那經九百生滅。

撐持—同支持。

飄茵—《南史・范縝傳》：「人生如樹花同發，隨風而墮，自有拂簾幌墮於茵席之上，自有關籬牆落於糞溷之中。」

郊行

雨餘溝洫水泱泱・綠整秧針列萬行・草跡驢蹄融日氣・柳絲牛鼻赴波光・采桑女似烏鴉鬧・放學兒如蚱蜢忙・一角茅棚煙縷起・好斟茗椀共徜徉・[206]

◎題註：寫采桑女與放學兒，如見其形，如聞其聲。

205 手稿見《汪精衛詩詞彙編》下冊頁208–210、335。

206 手稿見《汪精衛詩詞彙編》下冊頁211。

乘飛機至九江望見廬山口占一絕句蓋別來八九年矣

萬峰攢聚水縈迴·晴日穿雲紫翠開·五老舉頭齊一笑·故人天外忽飛來·[207]

廬山雜詩

九年夏秋間余游廬山曾為絕句若干首十六年秋冬間復游則得一絕句而已二十一年夏間曾復一至自是歲輒一二至留則二三日得句則以小牋書之拉雜不復編次云（十五首）

行廬山道中

參差不辨最高峰·疊翠浮青幾萬重·著得煙雲齊欲活·滿天鱗爪看飛龍·

曉登天池山將以明日乘飛機發九江

屏嶂重深路轉幽·豁然開朗衆峰頭·山連鐵騎奔如放·水亘銀河凝不流·初日乍舒天錦豔·微風忽送海綿浮·明朝更奮凌雲翼·一覽千巖萬壑秋·[208]

晚眺

濯足龍宮興未休·天池曳杖更夷猶·松門已稅千鴉駕·花徑還從一鶴遊·輕靄綠迷巖佛手·夕陽紅上石人頭·秋來邱壑明如畫·抵得春時錦繡不·
自神龍宮登天池山則佛手巖人頭石錦繡谷花徑松門諸勝歷歷在目[209]

稅駕—休息也。《史記 · 李斯傳》：「物極則衰，吾未知所稅駕也！」

---

207 手稿見《汪精衛詩詞彙編》下冊頁212。

208 手稿見《汪精衛詩詞彙編》下冊頁213–215。

209 手稿見《汪精衛詩詞彙編》下冊頁216。

大漢陽峰上植松甚多古茂可愛詩以紀之

猱升漸上最高峰・喘汗纔收語笑同・河漢倒懸行杖底・江湖齊落酒杯中・泉兼風雨飛騰壯・山納煙雲變化重・回首不嫌歸路永・萬松如鶴正浮空・[210]

大漢陽峰為廬山第一主峰登絕頂作長句

萬嶺如僂拱四方・俛看五老亦兒行・波光窈杳分湖口・樹色蒼茫接漢陽・天上風雲致明晦・人間心力變滄桑・陸沉正有為魚歎・敢向崖前謁禹王・禹王崖在峰下[211]

拱—圍繞也。晉傅玄《鼙舞歌・明君篇》：「眾星拱北辰。」

滄桑—晉葛洪《神仙傳・麻姑傳》：麻姑謂王方平曰：接待以來，已見東海三為桑田。謂世事變遷也。

陸沉—喻世亂之甚。《晉書・桓溫傳》：「遂使神州陸沉，百年丘虛，王夷甫諸人不得不任其責！」

天池山上有王陽明先生詩一首鑱巨石上昔年曾作詩紀之今歲為作亭以蔽風雨落成題壁

片石千秋挹古馨・兼收畫本入危亭・江湖赭碧分雙鏡・吳楚青蒼共一屏・世眼佛鐙攙鬼火・道心明月定風霆・神龍宮瀑終宵響・猶作當年嘯詠聽・[212]

「世眼」句—意謂世人眼中，善惡已難分辨。佛鐙喻正大光明，善也。鬼火喻陰險邪惡。攙，攙互，《唐律・職制》：「不依次序攙越覲廕者。」又陽明廬山詩有〈佛燈〉一首。

「道心」句—道心謂發於義理之心。〈朱子全書・尚書〉：道心，是本來稟受得仁義禮智之心。此心有如明月，足以鎮定風霆。霆，雷餘聲也。

---

210 手稿見《汪精衛詩詞彙編》下冊頁217–219。

211 手稿見《汪精衛詩詞彙編》下冊頁220–224。

212 手稿見《汪精衛詩詞彙編》下冊頁225。

雨後

天際微雲澹欲流·灑然涼意滿汀洲·亭亭過雨紅蕖直·浥浥含風綠樹柔·墜粉蝶衣相慰藉·游絲蛛網互綢繆·最憐川上牛浮鼻·也似疲農得小休·

十餘年前曾遊廬山樂其風景而頗以林木鮮少為憾所為詩有樓臺已重名山價料得家藏種樹書之句今歲復來蘆林一帶樹木蒼然因復為長句以紀之

落日猶銜萬仞山·田家難得飯餘閒·稻粱鳥雀紛爭後·果蓏兒童大獲還·重疊碧畦丹嶂上·參差紅瓦綠陰間·十年樹木非虛願·好為秋光一破顏·[213]

仞—漢制七尺。

蓏—在木曰果，在地曰蓏。見《說文解字》。音裸（lo2）。

畦—音攜（kwai4），田五十畝為畦。又區也。《漢書 · 食貨志》：「菜茹有畦。」

嶂—音障（zoeng3），山峰如屏障也。又山之高險者也。

即事

殘暑新涼勢欲爭·四山倏忽變陰晴·日團花氣連雲氣·風縱蟬聲雜雨聲·白鹿臺前芳未歇·黃龍潭上水初平·不妨弦月遲遲上·且看明河淡淡生·[214]

團—聚也。

白鹿臺—在廬山五老峰下白鹿洞。唐李渤隱讀於此，宋朱熹講學其中。

黃龍潭—廬山勝境。

213 手稿見《汪精衛詩詞彙編》下冊頁226–230。

214 手稿見《汪精衛詩詞彙編》下冊頁231–232。

山行

箕踞松根得小休・蟲聲人語兩無尤・雲從石鏡山頭起・水向鐵船峰上流・初日乍添紅果豔・清霜未滅綠陰稠・匡廬自是多顏色・要放千林爛漫秋・[215]

自佛手巖遠望數峰秀軟殊絕為作絕句四首

萬綠揉成數點山・煙舒雲卷意俱閒・可能摺疊為輕扇・著我清風兩袖間・

數峰青出雨餘天・淡暈濃皴悉自然・誰使遠山添蘊藉・密林如草草如煙・

煙光新溼苧蘿衣・邱壑渾如襞積微・寄語天風休著力・恐教吹作白雲飛・

娟娟翠岫凌雲去・嫋嫋清波帶月還・一樣溫柔好情性・動時流水靜時山・[216]

蘊藉—含蓄有餘之義。《後漢書・桓榮傳》：「溫恭有蘊藉。」

襞積—狀衣之摺疊也。

娟娟—美好貌。

嫋嫋—音鳥（niu5）。柔美貌。

別廬山

年年歌廬山・廬山定厭聞・今當欲去時・語吐還復吞・上山遲延下山快・廬山不舍逐吾背・失聲一歎據石坐・今日廬山太多態・回頭語廬山・毋為兒女顏・君不見潯陽江頭人造鳥・已張兩翼遲

215 手稿見《汪精衛詩詞彙編》下冊頁230，233–236。

216 手稿見《汪精衛詩詞彙編》下冊頁237–242。

我雲水間·建業與九江·一日可往還·會當袖取鐘山一片石·投之三疊泉中鳴珊珊·上山時·日始暾·下山時·日已曛·千峰萬峰間·一一白雲屯·無問為晴為雨為朝昏·君為廬山峰·我為廬山雲·因風以時來·無合亦無分·揮手自茲去·山中茅屋雞犬之聲隱約猶可聞·我見廬山夏·不見廬山秋·廬山秋色時·頗復念我不·諸兒競攝影·縮取山光置案頭·我則獨行吟·搜索枯腸入小休·[217]

遲—音稚（zi6），待也。

潯陽—江名，在江西九江縣北。

建業—古地名。故城在今南京市南。

鐘山—一名紫金山，在南京。

三疊泉—廬山名勝。

暾—日始出。《九歌·東君》：「暾將出兮東方。」

曛—日入餘光，見《集韻》。

二十五年結婚紀念日賦示冰如

○必背 ⋆必讀

依然良月照三更·回首當年百感并·志決但期能共死·情深聊復信來生·頭顱似舊元非望·恩意如新不可名·好語相酬惟努力·人間憂患正縱橫·[218]

◎題註一：此詩作於民國二十三年三月卅一日，時在南京。以此計算，則當在民前二年（一九一〇）訂婚約。年譜云於元年結婚，乃補行婚禮也。二人情愫，殆非尋常夫婦關係所能概括者。

217 手稿見《汪精衛詩詞彙編》下冊頁243-245。

218 手稿見《汪精衛詩詞彙編》下冊頁336。

太平角夜坐

近天風露自泠泠·波遠微光閃似螢·清絕玉簫聲裏月·萬山如睡一松醒·[219]

太平角—在山東青島市。

斐然亭晚眺

蔚藍波染夕陽紅·天宇昭昭暮色融·海作衣裾山作帶·飄然我欲去乘風·[220]

斐然亭—亭在青島。斐音誹（fei2），文貌。《論語．公冶長》：「斐然成章。」

臥病青島少瘉試遊勞山為詩紀之得若干首

人亦勞勞似此山·卻慚偷得病餘閒·兩崖斧鑿痕如畫·珍重勞人汗點斑·

老槐深竹影交加·行到勞山道士家·舊事嬌兒能記得·雪中曾折耐冬花·

滿山奇石鬱輪囷·水色清寒不受塵·自是老松先得地·也應留坐久行人·

小叢薄豔自娟娟·日炙凝脂暖欲然·問得嘉名成一笑·鈴蘭斜插笠簷邊·

太清宮接上清宮·犖确纔令一徑通·誰使游人開倦眼·明霞洞口野花紅·

---

219 手稿見《汪精衛詩詞彙編》下冊頁246。

220 手稿見《汪精衛詩詞彙編》下冊頁247。

兩峰缺處海天明·灼灼銀波媚晚晴·一片清音聽不斷·松風直下接濤聲·

纍纍香粟盡垂金·簇簇高粱過一尋·農事漸閒蔬飯了·耦耕人坐綠榆陰·

碧琉璃水接天長·翡翠屏風絢夕陽·左是山光右海色·中間花木蔭周行·

華嚴寺口暮雲封·石徑幽幽萬竹中·忽地方庭如潑水·一輪明月御天風·

樹老天清萬壑秋·片雲峰頂自悠悠·勞人亦解霜侵鬢·莫怪勞山易白頭·

紫薇花發太平宮·語笑還登獅子峰·若說石頭似獅子·諸松一一似游龍·

一亭遙出翠微顛·盡納煙波置檻前·日動光華霞散采·此時山水亦斐然·

仰攀喬木俛幽宮·路轉千巖萬壑中·海闊天空歸一覽·始知人在最高峰·

蔥蘢石帶青松色·磊落松含白石姿·兩是勞山奇絕處·海灘回首欲歸遲·

出林澗水逝滔滔·我亦從茲泛去舠·纔得迎來又送往·勞山終古太勞勞·[221]

221 手稿見《汪精衛詩詞彙編》下冊頁248–255。

◎題註一：二十四年春母乘春假之暇，絜兒輩遊青島，時春雪初霽，耐冬娟娟作花歸，為翁□□道之。是年夏，翁舉家往消夏，過上清宮，見耐冬花，因賦此俳。時宿白雲洞華嚴寺，晨起，見此花，以詢文傑，文傑答以花名鈴蘭，翁頗喜之，遂成此作。

◎題註二：廿四年夏養疴青島，是時健康□為進步，□□時作遠遊，紀以吟詠。初秋返南京，未幾，遂在中央黨部遇刺受傷，健康再遭打擊。

勞山—在山東境膠州灣東岸。太清宮、上清宮、明霞洞、華嚴寺、太平宮皆勞山名勝，多有寺觀。又前兩詩詠及太平角、斐然亭，均在青島。

勞山道士—蒲松齡《聊齋誌異》有〈勞山道士〉，〈香玉〉諸篇。

耐冬花—茶科喬木，花紅色，能耐寒。見《聊齋誌異．香玉》。

鬱—叢生貌。《詩經．秦風．晨風》：「鬱彼北林。」

輪囷—屈曲貌。《史記．鄒陽傳》：「蟠木根柢，輪囷離詭。」

鈴蘭—百合科植物 Convallaria majalis。

耦耕—二人並耕。

周行—《詩經．小雅．鹿鳴》：「示我周行。」周，至；行，道也。言示我以至美之道也。

葱蘢—青盛貌。《文選．郭璞．江賦》：「潛薈葱蘢。」

秋日重過豁蒙樓

欄楯參差帶暮煙•寺樓重過已經年•茫茫虎踞龍蟠地•黯黯鴻來燕去天•懷古傷今空有淚•絕人逃世苦無緣•未黃木葉蕭疎甚•好把秋聲處處傳•[222]

豁蒙樓—在南京。

楯—闌檻。

虎踞龍蟠—《六朝事跡》：「諸葛亮論金陵地形云，鐘阜龍蟠，石城虎踞，真帝王之宅。」

222 手稿見《汪精衛詩詞彙編》下冊頁256。

方君璧妹以畫羊直幅見貽題句其上

○必背 ★必讀

兀兀高岡．茫茫曠野．青草半枯．紅日將下．陟砠而瘏．哀吟和寡．臨崖卻顧．是何為者．君不見風蕭蕭兮木葉橫飛．家家砧杵兮念無衣．羊之有毛兮亦如蠶之有絲．翦之伐之．其何所辭．恐皮骨之所餘．曾不足以療一朝之饑也噫．[223]

◎題註：作者肖羊，方以畫羊為壽，題詩以自況。不辭翦伐，唯恐皮骨所餘，不足以療民饑耳。

陟—升也，音積（zik1）。

砠—音疽（zeoi1），土山上有石者。《詩經．周南．卷耳》：「陟彼砠矣。」

瘏—音屠（tou4），病也。《詩經．周南．卷耳》：「我馬瘏矣。」

砧杵—擣衣用具。

題高劍父畫鎮海樓圖

夢裏樓臺幾變遷．畫圖猶是十年前．沈沈綠藪連滄海．矗矗紅棉界遠天．懷抱久如含瓦石．風塵原不涴山川．白雲隱約題詩處．指點黃花更惘然．[224]

高劍父—嶺南派名畫家，師事居廉。兄弟三人，劍父居長，奇峰劍僧俱擅畫。

鎮海樓—在羊城觀音山（一名粵秀山），俗稱五層樓，建於宋代。

涴—烏臥切（wo3），或作汙，泥着物也。韓愈〈合江亭〉：「勿使泥塵涴。」

223 手稿見《汪精衛詩詞彙編》下冊頁257–259。

224 手稿見《汪精衛詩詞彙編》下冊頁260。

二十五年一月病少間展雙照樓圖因作此詩以示冰如

＊必讀

松枝與梅花・來自月輪中・皎潔自有質・婉孌相為容・歲晚多晦冥・瑤臺偶一逢・聚影疎林下・欲語心忡忡・自從涉世來・日在荊棘叢・只今霜霰至・何以禦嚴冬・南枝方含和・北枝已烈風・後彫以為期・相看漸飛蓬・回頭望來處・玉鑑明蒼穹・昭質本無滓・日光與之融・清輝澈下土・萬里卷纖蒙・悠悠山河影・歷歷涵虛空・縱橫著枝柯・映蔚成蔥瓏・寒色自凜凜・生氣何芃芃・冰雪誠摧傷・亦復相磨礱・對此意感激・矯若雙飛虹・願葆金石姿・頡頏以相從・共命人間世・不辭憂患重・百孔千瘡餘・一笑報已豐・憂在己不力・豈在憂時窮・棲棲百年內・耿耿兩心同・玉宇雖高寒・咫尺猶可通・蟾兔有缺時・光明長在胸・何況如槃月・正照小樓東・[225]

◎題註：民國二十四年十一月遇刺受傷，翌年二月十九日出國就醫。此詩當為養疴滬上時作。「共命人間世」以下數句，一氣呵成，為「雙照」註腳，尤需着重。

飛蓬—《詩經．衛風．伯兮》：「自伯之東，首如飛蓬。豈無膏沐，誰適為容？」

芃芃—音蓬（pung4），草木盛長貌。見《說文解字》。

礱—音龍（lung4），礪也。

頡頏—鳥飛上下貌。《詩經．邶風．燕燕》：「燕燕于飛，頡之頏之。」

不寐

中庭有梅花・夜久風月冷・入門還滅燭・鑑此橫窗影・離離疎復密・瑟瑟亂還整・逸氣方遠出・尺幅不能騁・幻為清淺水・魚藻蔚相映・虛明絕渣滓・澹蕩含至靜・幽賞自有在・香色皆已屏・萬籟亦俱寂・塊然成獨醒・顧慚立雪人・不寐心自警・

---

225 手稿見《汪精衛詩詞彙編》下冊頁261–262。

塊然一孑然孤獨也。

立雪人一游酢、楊時初侍程伊川。伊川瞑目坐，既覺，曰：尚在此乎？且休矣。出門，門外雪深一尺。

印度洋舟中

二十五年三月

多情鐙火照更殘。露氣潛生笐簟寒。自被瘡痍常損慮。轉令魂夢得粗安。蒼波熨月無微摺。碧宇箝星有密攢。誰奏雞鳴風雨曲。悄然推枕起長歎。[226]

◎題註：赴德就醫舟中作。

損慮一傷滅精神也。《三國志 · 吳志 · 樓玄傳》：「勞損聖慮。」

鷄鳴風雨一風雨如晦，雞鳴不已。

代家書

病起扶筇陟彼岡。果然日月得相望。寄聲不用遙相憶。數鴈天涯自一行。末句用冰如舊句 [227]

感事

劍掛墳頭草不青。又將拂拭試新硎。紅旗綠柳隨眸見。鳥語笳聲徹耳聽。松鼠忘機緣散策。天鵝貪餌逐揚舲。春來萬物熙熙甚。那識人間戰血腥。[228]

◎題註：西安事變後，作者於民國二十五年（一九三六）春歸國前作。

劍掛墳頭一吳季札過徐；徐君好季札劍。為使上國，未獻。及還，徐君已死。解劍繫徐君墓而去。所指未詳。

---

226 手稿見《汪精衛詩詞彙編》下冊頁263、337。

227 手稿見《汪精衛詩詞彙編》下冊頁264、337。

228 手稿見《汪精衛詩詞彙編》下冊頁265、337。

山中

初日在柴門・流水入清聽・青草眠白羊・桃花鬧而靜・[229]

◎題註：首句未知所指，疑與《小休集》卷下〈齊天樂〉詞「馬策」句意似。殆亦重過阿爾加松故居耶！

羅痕

時新得家書

乍憑疎雨洗郊坰・日出風生水上亭・灩灩千紅酣似醉・泠泠萬綠快如醒・池鳧爭餌無倫次・林鹿窺人有性靈・報道江南春正好・莫搔旅鬢歎星星・[230]

羅痕—Roanne，地名，在法國巴黎南約二百里。

郊坰—坰音扃（gwing1），郊野。

灩灩—水滿貌。

春夜羅痕小湖邊微月下

殘陽忽已蛻・新月如蘭眉・零露一何繁・洗此娟娟姿・夜色幽更深・不厭清光微・春氣況沖融・觸處皆華滋・行行入林樾・人影相因依・女蘿蔓始生・麂眼明疎籬・微風不生籟・但拂臨水枝・葉底見波光・黝白成參差・釣石得小坐・數此清陰移・花色亦可辨・草香生我衣・扁舟乍欸乃・已在天之涯・無因發微嘆・宿鳥為一飛・[231]

229 手稿見《汪精衛詩詞彙編》下冊頁338。

230 手稿見《汪精衛詩詞彙編》下冊頁266、338。

231 手稿見《汪精衛詩詞彙編》下冊頁344。

瑞士道中

分流擘石互縈紆・整頓山川入畫圖・潑翠園林新雨後・滲金樓閣夕陽初・天然風景元無異・人事綢繆愧不如・好和湖光入尊酒・便尋幽夢到匡廬・[232]

旅仙湖上

波光淡而恬・水聲輕以清・藹如仁者心・渾厚涵光明・於時宿雨收・天高地亦平・扁舟著其間・萬象迴環生・輕鷗非故人・相見已忘形・就掌啄餘餌・既得還飛鳴・和以扣舷歌・潛魚亦來聽・何當泯猜嫌・物我皆康寧・[233]

旅仙—Lucerne，瑞士地名。

鬱茲諾湖上望對岸山

萬壑如奔馬・茲山最軼羣・上峰曜冰雪・下谷幻煙雲・中嶺橫青翠・都教醉夕曛・蒼茫何所見・泉響九天聞・

鬱茲諾—Vitznau，瑞士地名。

幾司柏山上

平生所觀瀑・衆妙不可名・惟此幽且奇・每見心為傾・遠從雪山來・飛白游青冥・一擲最高峰・其勢如建瓴・直下千丈強・石破天為驚・千巖萬壑間・往復還相縈・十步一換態・百步一換聲・蕩蕩入平湖・浮綠與天平・山深日已夕・新月猶未生・遙遙望四

232 手稿見《汪精衛詩詞彙編》下冊頁343。

233 手稿見《汪精衛詩詞彙編》下冊頁342。

極・亹亹涵虛明・山色如明礬・湖光如墨晶・畫筆所不到・寫以聲泠泠・胸中若冰雪・對此匹練橫・有懷當如何・木末搴流星・[234]

建瓴—瓴音伶（ling4），《漢書．高帝紀》：「地勢便利，其以下兵於諸侯，譬猶居高屋之上建瓴水也。」建，覆也。瓴，盛水瓶也。

亹亹—音尾（mei5），水流進貌。左思〈吳都賦〉：「清流亹亹。」

搴—音愆（hin1），拔取也。屈原〈離騷〉：「朝搴阰之木蘭兮。」

流星—西俗對流星許願，輒有靈驗者。

廓羅蒙柏道中

青山相對出・懸瀑以百數・使我於其間・有目不遑顧・耳亦不遑聽・但覺風虎虎・擊拊者誰歟・水枹而石鼓・我聞山與水・二美不能具・動靜惟其宜・剛柔各有寓・瀑也實兼之・得一已千古・況多多益善・四立若環堵・試觀縱橫勢・逸氣惟所馭・山為飛且鳴・水為歌且舞・始知天地間・落落無窘步・嗟哉沉憂人・一笑豁眉宇・[235]

廓羅蒙柏—Krumbach，德國地名。

拊—擊也。

枹—音膚（fu1），鼓槌也。

馭—統制也。

窘步—屈原〈離騷〉：「夫唯捷徑以窘步。」捷徑急於自達，反窘難不能行。

孚加巴斯山中書所見

夙聞最高峰・是瀑所來處・朝來仰天半・晦昧隱雲霧・攀躋自山足・問徑嗟屢誤・泉聲忽在耳・隱若導前路・隨之入山深・數數

234 手稿見《汪精衛詩詞彙編》下冊頁338。

235 手稿見《汪精衛詩詞彙編》下冊頁339。

與之遇·林木迭虧蔽·巖岫雜吞吐·山腹陡中斷·石壁深且阻·巨壑哆其口·衆水紛下注·谽谺仰一臼·錯落受千杵·舂撞力不竭·拗折意彌忤·並驅不少讓·互蹙作飛舞·氣含冰雪冷·勢挾雷霆怒·旋轉生迴瀾·搖撼動底柱·小石已虀粉·翕忽散復聚·大石厲其齒·初若相齟齬·及其沸而白·轉乃相水乳·化為一川雲·溶溶下山去·山肩石更峭·犖确無寸土·冰澌所淬厲·黝若生鐵鑄·其隙生小花·緻緻作霜縷·亦有蠖屈松·老幹纔尺五·餘卉摧已盡·猨鳥失所據·饑鷹不得食·空際盤旋苦·喘息及山頂·足繭難再步·上有天可仰·下無地可俯·湖光廣百畝·深可十丈許·萬古冰與雪·盡向此中貯·酥融為玉液·寒碧鑒心腑·源清有如此·流長固其所·欣然試一掬·更與作洄溯·[236]

◎題註：是詩於「足繭難再步」以下盡改舊作。卅年歲除，翁以小冊曾書此詩以貽文傑，並繫以修改經過。略謂平生所為詩有操筆即成，有歷久塗改乃成者，此為十餘年前舊作，乃於十餘年之後復為塗改，是一例也。又云他日有暇當為文更書餘紙，久而未果。而翁竟歸道山，今此詩即據該小冊以定稿者。既而文傑亦身遭浩劫，並此小冊亦歸淪滅矣。[237]

躋—音擠（zai1），升也。《易 · 震》：「躋於九陵。」

谽谺—谷空貌。《六書故》：谷口張也。

虀粉—音躋（zai1），粉碎也。

齟齬—音嘴語（zeoi2 jyu5）。齒不相值，引申為意見不及、彼此相惡之意。

水乳—《觀經疏鈔》序：「相冥者如水乳相冥。」冥，默契也。今謂人之好合無間者曰水乳交融。

溶溶—廣大貌。《楚辭 · 九歎 · 逢紛》：「體溶溶而東回。」《楚辭 · 九歎 · 愍命》：「心溶溶其不可量兮。」

洄溯—謂逆水作洄旋也。

236 手稿見《汪精衛詩詞彙編》下冊頁340。

237 何孟恆因汪精衛關係，於一九四五年被捕，判監南京老虎橋監獄兩年半，所謂「浩劫」即繫於此。

聖莫利茲山上

翠微深處碧淪漪・清絕朝暉欲上時・萬柏自搖風露影・四山為寫雪霜姿・舉頭已有天堪問・託足元無世可遺・漸不勝寒猶不去・振衣高詠太沖詩・山高合中國七千尺故以左太沖振衣千仞岡之句為詠[238]

聖莫利茲山—Saint-Maurice，在瑞士西南。

淪漪—猶漣漪也，水波紋。左思〈吳都賦〉：「濯明月於漣漪。」

「託足元無世可遺」—謂下臨無地也。

重過麗蒙湖

雲外飛樓月下舟・八年前此共清遊・湖之於我仍青眼・山亦猶人更白頭・小作勾留差似燕・了無罣礙不如鷗・憑闌感慨知何益・領取川原澹蕩秋・[239]

自題詩集後

足繭山仍遠・悠然興不窮・小休何處好・風日綠陰中・[240]

譯詩

饞猴望鄰樹・涎墮果離離・既貪得佳餌・又怯緣高枝・守者況眈眈・捷取亦可危・欲進多虞心・欲退宜有辭・此果不中食・孰云甘如飴・盜泉與惡木・豈屑一顧之・平生有微尚・見得能自持・歸家饜榛栗・詎不療吾飢・嗟哉古詩人・曠達類如斯・誠知無大害・亦復可攢眉・

虞—慮也。

238 手稿見《汪精衛詩詞彙編》下冊頁341。

239 手稿見《汪精衛詩詞彙編》下冊頁342。

240 手稿見《汪精衛詩詞彙編》下冊頁344。

盜泉一山東泗水東北有盜泉。〈尸子〉：「孔子過於盜泉，渴矣而不飲，惡其名也。」

尚一尊崇也。

曉起

連宵雨未歇．簾幕閟深沉．光風扇庭除．始知春已深．脩竹媚新苔．毿毿布輕陰．幽花不能言．韻之以青禽．病骨如朽株．勾萌或相尋．勞心如蟄蟲．趯趯將不禁．[241]

閟一音秘（bei3），闔閉也。《詩經・鄘風・載馳》：「我思不閟。」

勾萌一《禮記・月令》：「生氣方盛，陽氣發泄，句者畢出，萌者盡達。」註：句，屈生者；芒而直曰萌。草木始生之狀也。

蟄蟲一藏伏土中之蟲。

趯趯一音惕（tik1），《詩經・召南・草蟲》：「趯趯阜螽。」躍也。

舟夜

二十五年十二月

到枕濤聲疾復除．關河寸寸正愁予．霜毛搔罷無長策．起剔殘鐙讀舊書．[242]

海上望月作歌

暮雲澹盡河星稀．皓月徐升海之湄．冰輪未高光未滿．已覺颯颯清風吹．鯨波萬里如燃脂．鞏動蟄蟄喘且疲．一時冰雪忽照眼．豈止渴咽餐瓊糜．嗟哉素娥聖且慈．清輝所被無偏私．廣寒大開來熙熙．行歌起舞惟其宜．夜深人靜聲影微．潛魚不躍烏不飛．孤光一點定中移．青天四垂水四圍．亭亭脈脈將何依．棲棲皇皇

241 手稿見《汪精衛詩詞彙編》下冊頁343。

242 手稿見《汪精衛詩詞彙編》下冊頁345。

終不辭·上天下地隨所之·入火不灼水不濡·勞勞衆生良可悲·三五二八須臾期·同光共影勿復疑·試吸沆瀣甘如飴·嗟哉素娥聖且慈·我欲作歌窮於詞·[243]

河—銀河。

湄—水草交處，見〈說文解字〉。

蟄蟄—音疾（zat6），和集也。《詩經·周南·螽斯》：「宜爾子孫，蟄蟄兮。」

熙熙—和樂之意。《老子》：「眾人熙熙，如享太牢，如春登臺。」

亭亭脈脈—聳立無言。

棲棲皇皇—《後漢書·蘇竟傳》：「仲尼棲棲，墨子遑遑。」不安貌。

「三五二八須臾期」—月滿於十五十六，為期甚暫。

紫雲英草可以肥田農家喜種之一名荷花浪浪取以入詩

紫雲英發水天紅·饁婦耕夫笑語同·識得江南名物否·荷花浪浪醉春風·

◎題註：二十六年丁丑暮春，自滬乘火車至南京，文傑隨侍。翁指田間紫雲英曰，吳稚暉云紫雲英俗名荷花、浪浪二名，併可入詩。

紫雲英—豆科植物 Astragalus Sinicus，播種田間，開花後埋入土中，作為肥料。

粵諺春日人倦為牛借力言牛借其力以行田也語有奇趣取以入詩

夢回布穀喚聲中·一枕殘書讀未終·憊矣真疑牛借力·蘧然還作馬行空·雲開川上鱗鱗日·雨過亭前翼翼風·一笑尚餘強項在·荷鋤渾不後村童·

布穀—鳥，以聲得名，即鳲鳩。穀雨始鳴，夏至止。

蘧然—《莊子·大宗師》：「蘧然覺。」驚覺貌。

243 手稿見《汪精衛詩詞彙編》下冊頁345–346。

鱗鱗—蘇軾〈和文與可洋川園池三十首 · 禊亭〉：「曲池流水細鱗鱗。」日影入水，風成紋如魚鱗也。

翼翼—《准南子 · 天文訓》：「馮馮翼翼。」

飛機上作

落落青冥意所便·風生河漢更泠然·身乘彩鳳雙飛翼·目盡齊州九點煙·黑子縱橫雲下壘·綠茵方罫雨中田·媧皇有恨終須補·地圻東南水接天·

便—《大戴禮記 · 子張問入官》：「故君子欲譽，則謹其所便。」所便，習也。

齊州—猶中州也。

九點煙—天下九州，自空中遠觀，直蒼煙九點耳，極言其渺小也。

黑子—以棋子形容雲下壘。

方罫—界畫為方目者，俗稱格子。

媧皇—即女媧氏，上古女帝。共工氏頭觸不周山崩，天柱折，地維缺。女媧乃鍊五色石以補天。

郊行書所見

穀雨清明一瞬中·郊原秀色已浮空·遙青暖受濛濛日·新綠柔含濕濕風·宿釀乍開娛父老·春衣初試炫兒童·艱難一遇豐年樂·願得和聲處處同·

穀雨清明—春季節候，四月五或六日為清明，四月二十或二十一日為穀雨。

釣臺

盛時出處自從容·留得高臺有釣蹤·卻憶山川重秀日·鴟夷一棹五湖東·

苔蘚侵尋蝕舊碑・江山風雨助凄其・新亭收泣猶能及・莫待西臺慟哭時・

釣臺－古蹟甚多，漢嚴子陵釣臺在浙江桐廬縣西富春山上者最著。

鴟夷－范蠡，楚人，浮海出齊，變姓名，自號「鴟夷子皮」。

西臺慟哭－宋末謝翱聞文天祥死節，登嚴陵西臺，設天祥主，酬奠號泣，持竹擊石，作楚歌以招魂。歌訖，竹石俱碎，因自為文以記之。

別廬山三年矣舟至九江望見口占

纔接嵐光眼便醒・別來蹤跡似飄萍・慚君不帶風塵色・更為行人著意青・

廬山道中

積翠為前導・何知路阻長・松香蒸日氣・草色展煙光・嶺盡全湖見・峰凹半刹藏・詩成剛擲筆・雲海已茫茫・

二十七年四月二十九日始至長沙詣嶽麓山謁黃克強先生墓以舊曆計之適為三月二十九日也

黃花嶽麓兩聯綿・此日相望倍惕然・百戰山河仍破碎・千章林木已風煙・國殤為鬼無新舊・世運因人有轉旋・少壯相從今白髮・可堪攬涕墓門前・

黃花－三月廿九黃花岡之役，黃克強主其事。

世運－世間氣運也。

自長沙至衡山通衢修潔夾植桐樹清陰瑟瑟可覆行人花方盛開香氣蓊勃道旁居民俟其實熟榨以取油既可自贍亦以養路為作二絕句

浩浩香風未有涯•離離花影正交加•惜花須似桐花鳳•但領花香不礙花•

夾道青青不染塵•雨餘風日更清新•行人自在桐陰下•便是桃源洞裏人•

離離—盛多貌。

桐花鳳— 鳥名。唐李德裕〈畫桐花鳳扇賦並序〉：「每至春暮，有靈禽五色來集桐花，以飲朝露。」謂之桐花鳳。

南嶽道中杜鵑花盛開為作一絕句

果然火德耀南華•一變嵐光作紫霞•四萬萬人心盡赤•定教開徧自由花•

南嶽衡山—在湖南省。

杜鵑花—Rhododendron Simsii，花紅色。

火德—古以五行生剋為帝王嬗代之應；堯以火德王。

登祝融峰

直上祝融峰•遠望八千里•蒼茫雲海間•不辨湘資與沅澧•古來此中多志士•國難之深有如此•吁嗟乎山花之丹是爾愛國心•湘竹之斑是爾憂國淚•

祝融峰—衡山絕頂，祝融，火神名。

湘資沅澧—四水名，在湖南。

杜鵑花

昏啼到曉恨無涯•啼徧春城十萬家•血淚已枯心尚赤•更教開作斷腸花•

下祝融峰過獅子巖

祝融峰上日初懸•獅子巖前破曉煙•五曲清湘光瀉地•四圍列岫遠浮天•嶠雲自戀前賢樹•石筧同甘老女泉•最是老農能力作•深山處處有梯田•

衡山無奇絕處惟祝融一峰巋然獨峙四圍羣山撲地繚繞天末清湘五曲昭晰可見此景他山所未有也獅子巖前有松數株極古茂一株已朽傳羅念菴所手植自祝融峰至上封寺有石筧長可二里引泉入寺傳有老女憫寺僧汲水之艱鳩工鑿石為之此可紀也

岫—音袖（zau6），峰巒也。謝朓〈郡內高齋閑望荅呂法曹〉：「窗中列遠岫。」

嶠—山銳而高者。

飛機上作

疆畝縱橫綠野恢•禾苗如水樹如苔•老農筋力消磨盡•留得川原錦繡開•

七月八日晚泊木洞明日可抵巴縣矣

峽掩重門靜不棼•檥舟猶及未斜曛•月牙影浸玻璃水•日脚光融琥珀雲•沙際雁鵝方聚宿•天中牛女又離羣•川流東下人西上•惆悵濤聲枕畔聞•[244]

◎題註一：民國二十七年（一九三八）夏，當局以戰事關係西遷。作者乘海軍艦艇自漢口溯流而上。上游水急灘淺，河道險惡，日晚每不能行，停

244 手稿見《汪精衛詩詞彙編》下冊頁267。

舟待旦，轉多休暇。木洞在巴縣之東；巴縣為重慶所在地。

◎題註二：二十七年戊寅夏，自漢口徙重慶，乘永綏軍艦溯三峽入川。峽勢峻險，夜不能行，日暮即泊。江窄山高，俄而遂瞑，但聞夾岸虫吟，如和潮音，螢光明滅，偶穿林木而已。

棼一音汾（fan4），亂也。《左傳 · 隱公四年》：「猶治絲而棼之也。」

舟夜

二十八年六月

○必背　*必讀

臥聽鐘聲報夜深 • 海天殘夢渺難尋 • 柁樓欹仄風仍惡 • 鐙塔微茫月半陰 • 良友漸隨千劫盡 • 神州重見百年沉 • 淒然不作零丁歎 • 檢點生平未盡心 •[245]

◎題註：二十八年三月河內狙擊事件中，曾仲鳴氏以身殉。當時訪日本後，六月返天津舟中作。國運前途，殊難逆料；唯盡其心力而已。

零丁歎一宋文天祥為元兵所執，宋文天祥〈過零丁洋〉：「零丁洋裏歎零丁。」

夜泊

雨底孤蓬夢乍回 • 蘋花香傍水田開 • 浪聲恬適知風定 • 雲意空靈識月來 • 囂蛤吠人如有恃 • 饕蚊繞鬢若無猜 • 尋思物我相忘理 • 演雅當年費盡才 •[246]

◎題註：雖然風定月來，而對付囂蛤饕蚊，要做到物我相忘，則絕非易事。

245 手稿見《汪精衛詩詞彙編》下冊頁268、347。

246 手稿見《汪精衛詩詞彙編》下冊頁269。

不寐
○必背

憂患滔滔到枕邊・心光鐙影照難眠・夢迴龍戰玄黃地・坐曉雞鳴風雨天・不盡波瀾思往事・如含瓦石愧前賢・郊原仍作青春色・酖毒山川亦可憐・張孝達廣雅堂集金陵雜詠有云兵力無如劉宋強勵精圖治是蕭梁緣何不享百年祚酖毒山川是建康其然豈其然乎

龍戰玄黃—《易・坤》：「龍戰于野，其血玄黃。」群雄並峙，爭奪天下為龍戰。

含瓦石—容忍恥辱為含垢。

久旱既而得雨

夢回涼意入鐙檠・向曉千家曳屐聲・雲腳四垂天漠漠・獨看新綠雨中明・

夏夕

萬葉空靈受月光・隔林徐度水風長・平鋪一簟天階上・消受人間片晌涼・

去臘微雪後至立春七日始得大雪適又為上元後一日也詩以紀之
辛巳初春

立春七日雪盈途・時過猶能澤萬枯・引領幾疑天雨粟・驚心真已米如珠・花前雁後思何限・月色鐙光景未殊・最是老梅能耐冷・朝來添得幾分腴・

◎題註：民國三十年（一九四一）作。「三十年以後作」，應從此題開始。

立春—二十四節之首，二月四或五日。

米如珠—米珠薪桂也。

冰如手書陽明先生答聶文蔚書及余所作述懷詩合為長卷繫之以辭因題其後時為中華民國三十年四月二十四日距同讀傳習錄時已三十三年距作述懷詩時已三十二年矣

我生失學無所能・不望為釜望為薪・曾將炊飯作淺譬・所恨未得飽斯民・三十三年叢患難・餘生還見滄桑換・心似勞薪漸作灰・身如破釜仍教爨・多君黽勉證同心・撫事傷時殆不任・縱橫憂患方今始・敢說操危慮亦深・

◎題註：為釜為薪，並見前〈述懷〉，〈見人析車輪為薪歌〉及〈革命之決心〉，當與同讀。炊飯譬同。

破釜一作者於民國二十四年（一九三五）遇刺中三鎗。

爨一音寸（cyun3），炊也。

操危慮深一操，持念也。危，高也。正也。慮，謀思也。恐也。《孟子・盡心上》：「其操心也危，其慮患也深。」

冰如以盧子樞所畫長卷見贈因題其後

＊必讀

幼讀淵明詩・每作山林想・北江幽絕處・一舸數來往・他年任耕稼・於此得片壤・閒來取書讀・便在羲皇上・弱冠攖世變・此樂不敢望・崎嶇塵土中・舉步即羅網・偶逢佳山水・耳目始一放・蹉跎將六十・人事益搶攘・登臨久已廢・歸夢餘惝怳・蟄居不出戶・自詭因鞅掌・屋梁風雨夕・白首空自仰・孟光有深意・把卷邀共賞・青山千萬疊・茅屋著三兩・苕苕俯洲渚・翳翳傍林莽・依依見樵迹・隱隱聽漁唱・蒼茫煙水外・天地忽開朗・川原相秀發・雲日同澹蕩・有如歷三峽・山盡見夷曠・揚帆泝曲江・晚翠接朝爽・誰歟香光筆・墨意清且暢・喚起兒時事・高詠衆山響・附手成啞然・畫餅真可餉・

◎題註：淵明詩作者所服膺，而躬耕粵北，則為素所願望。故有「每作山林想」及「弱冠攖世變，此樂不敢望」句。

北江一珠江北支。

羲皇—陶潛〈與子儼等疏〉：「五六月中，北窗下卧，遇涼風暫至，自謂是羲皇上人。」前人以伏羲以上之人恬淡無俗念塵事，最為安樂。

搶攘—亂貌。《漢書．賈誼傳》：「國制搶攘，非甚有紀。」

惝怳—同儻慌，無所依歸也。《楚辭．九歎．逢紛》：「心儻慌其不我與兮，躬速速其不吾親。」

謫—責也，見《説文解字》。

鞅掌—《詩經．小雅．北山》：「或王事鞅掌。」人事之多也。

屋梁—杜甫〈夢李白〉詩：「落月滿屋樑，猶疑照顏色。」

風雨—《詩經．鄭風》篇名。俱屬懷人之作。

苕苕—猶迢迢，遠也。謝靈運〈述祖德詩〉：「苕苕歷千載。」

洲渚—水中可居之地；大者曰洲，小者曰渚。音煮（zyu2）。

泝—音素（sou3），逆流也。

曲江—廣東省樂昌縣南有曲江縣。

香光—董其昌，明華亭人，字元宰，號思白，又號香光。詩文俱工，書法卓然成家，畫極瀟灑生動。

兒時事—作者幼年久居粵北。詩集第一首即作於北江樂昌縣。

六月十四日為方君瑛姊忌辰舟中獨坐愴然於懷並念曾仲鳴弟

又向天涯賸此身．飛來明月果何因．孤懸破碎山河影．苦照蕭條羈旅人．南去北來如夢夢．生離死別太頻頻．年年此淚真無用．路遠難回墓草春．

◎題註：三十年作。

「路遠」句—曾仲鳴厝靈越南河內。

為榆生題吳湖帆畫竹冊

颯然英氣出蕭森．尺幅中存萬里心．供向齋頭同寶劍．聽他風雨作龍吟．

榆生—龍沐勛字，詞家，朱祖謀傳硯弟子，齋名「風雨龍吟室」。

吳湖帆—江蘇吳縣人，工詩書畫。

初秋偶成

玉樓銀漢兩無塵・一雨能令宇宙新・草本漸含秋氣息・川原初拓月精神・放懷已忘今何世・顧影方知子一作賸此身・愈近天明人愈寂・雞聲迢遞不嫌頻・

海上

風雨縱横欲四更・映空初見月華明・重懸玉宇瓊樓影・盡息金戈鐵馬聲・險阻艱難餘白髮・河清人壽望蒼生・愁懷起落還如海・卻羨輕帆自在行・

河清人壽—先秦逸詩：「俟河之清，人壽幾何。」

八月二日乘飛機至廣州留七日別去飛機中作三絕句寄冰如

一鶴遙從萬里歸・劫餘城郭倍依依・煙雲休作空濛態・淚眼元知入望微・

纔作孤鴻海上來・飛飛又去越王臺・山川重秀非無策・共葆丹心不使灰・

年年地北與天南・憂患人間已熟諳・未敢相逢期一笑・且將共苦當同甘・

◎題註：三十年作。

山川重秀—作者長孫女以重秀命名。時冰如夫人居廣州。

菊

菊以隱逸稱•殆未得其似•志潔而行芳•靈均差可擬•生也不逢時•落葉滿天地•枝弱不勝花•凛凛中有恃•繁霜作煅煉•侵曉色逾美•忍寒向西風•略見平生志•一花經九秋•未肯便憔悴•殘英在枝頭•抱香終不墜•寒梅初破蕚•已值堅冰至•相逢應一笑•異代有同契•[247]

豁盦出示易水送別圖中有予舊日題字並有榆生釋戡兩詞家新作把覽之餘萬感交集率題長句二首

酒市酣歌共慨慷•況茲揮手上河梁•懷才蓋聶身偏隱•授命於期目尚張•落落死生原一瞬•悠悠成敗亦何常•漸離筑繼荊卿劍•博浪椎興人未亡•

少壯今成兩鬢霜•畫圖重對益徬徨•生慚鄭國延韓命•死羨汪錡作魯殤•有限山河供墮甑•無多涕淚泣亡羊•相期更聚神州鐵•鑄出金城萬里長•[248]

蓋聶—古代劍客，曾與荊軻討論劍術。《史記・刺客列傳》：「荊軻嘗游過榆次，與蓋聶論劍，蓋聶怒而目之。荊軻出，人或言復召荊卿。」

於期—樊於期，戰國秦將。避罪於燕，燕太子丹舍之。會丹欲使荊軻刺秦王，軻願得於期首以獻秦王，於期遂自剄。

鄭國—人名，戰國時期韓國水工，以鑿渠延緩秦國侵略。《史記・河渠書》：「韓聞秦之好興事，欲罷之，毋令東伐，乃使水工鄭國閒說秦。」

汪錡—春秋魯國童子。齊伐魯，錡與齊師戰於郎而死，魯人欲弗殤，仲尼曰：「能執干戈以衛社稷，雖欲勿殤也，不亦可乎！」

墮甑—東漢孟敏貿甑，荷擔墮地，徑去不顧。

亡羊—《戰國策・楚策》：「亡羊而補牢，未為遲也。」

金城—喻城堅固也。賈誼《過秦論》：「金城千里。」

---

247 手稿見《汪精衛詩詞彙編》下冊頁270–276。

248 手稿見《汪精衛詩詞彙編》下冊頁277。

菊花絕句

一體兼衆芳·極妍與盡態·惟有金石心·凜凜常不改·[249]

梅花絕句

梅花有素心·雪月同一色·照徹長夜中·遂令天下白·

辛巳除夕寄榆生

梅花如故人·間歲輒一來·來時披素心·雪月同皚皚·水仙性狷潔·亦傍南枝開·忍寒故相待·豈意春風迴·[250]

皚皚一音呆（ngoi4），霜雪白也。見《說文解字》。

忍寒一榆生自號「忍寒居士」。

疏影

菊

行吟未罷·乍悠然相見·水邊林下·半塌東籬·淡淡疏疏·點出秋光如畫·平生絕俗違時意·卻對我一枝瀟灑·想淵明偶賦閒情·定為此花縈惹·

正是千林脫葉·看斜陽闃寂·山色全赭·莫怨荒寒·木末芙蓉·冷豔疏香相亞·不同桃李開花日·準備了霜風吹打·把素心寫入琴絲·聲滿月明清夜·[251]

閒情一陶潛〈閒情賦〉並序：「檢逸辭而宗澹泊，始則蕩以思慮，而終歸閑正。將以抑流宕之邪心，諒有助於諷諫。」

249 手稿見《汪精衛詩詞彙編》下冊頁278。

250 手稿見《汪精衛詩詞彙編》下冊頁279–281。

251 手稿見《汪精衛詩詞彙編》下冊頁349。

百字令

水仙花

靈均去矣・向瀟湘留得・千秋顏色・猶有平生遲暮感・況是霏霏雨雪・玉色溫溫・金心的的・人與花同德・飛塵不到・冷蹤只在泉石・
小缽供養齋頭・深鐙曲几・清影搖籤帙・伴取梅花三兩點・也似曉星殘月・靜始聞香・淡終生豔・夢化莊生蝶・獨醒何意・銀臺試為浮白・[252]

拾遺記楚人思慕屈平謂之水仙羣芳譜水仙花白圓如酒杯中心黃蕊名金盞銀臺古來詠水仙花者山谷之詩稼軒之詞膾炙人口然自是凌波解珮搖筆即來朱竹垞詞如搠禁體風調獨勝晴窗坐對聊復效顰以資笑噱云爾

靈均—屈原字，見〈離騷〉：「名余曰正則兮字余曰靈均。」

籤帙—書籤與書衣，謂書也。

莊生蝶—《莊子・齊物論》：「昔者莊周夢為胡蝶，栩栩然胡蝶也。」

金縷曲

嚦鴂催山醒・轉幽深・沈沈雉堞・柳荑搖暝・攬得清輝凝眸處・身在萬桃花頂・正麗色澄空相映・漠漠輕煙開漸淡・擁千鬟一水明如鏡・還照取・鶯飛影・
桃源不在虛無境・在人間・林鶗音好・巷尨聲靜・君看柴門春風入・菜甲麥芒齊迸・且放下老農鑱柄・難得飯餘當戶坐・願春光爛漫從渠領・歌一曲・水泉聽・[253]

◎題註：作於南京中山陵園。

嚦鴂—杜鵑鳥。

雉堞—城垛。

柳荑—初生的柳芽。荑，音啼（tai4）。

攬—持也，引取也。

252 手稿見《汪精衛詩詞彙編》下冊頁349。

253 手稿見《汪精衛詩詞彙編》下冊頁282、350。

桃源—見陶淵明〈桃花源記〉，為作者理想中之樂園。

鴞—音囂（hiu1），鴟鴞，鳥名，似黃雀而小。

尨—音忙（mong4），犬之多毛者。

菜甲—菜初出葉。杜甫〈賓至〉（一作〈有客〉）：「自鋤稀菜甲。」

浣溪沙

過吳淞口

小艇依然繫水門•門前落葉正紛紛•饑鴉病雀不能言•
衰柳鎮憐今日影•寒潮苦覓舊時痕•靜中搖動寂中喧•

吳淞口—地名，近上海，吳淞江口。

風蝶令

白海棠

柔蔕和煙嚲•幽花帶雪融•欲開還斂閟芳容•得似蝤蠐微俛意惺忪•
格澹光彌豔•神清態轉穠•珠簾不約晚來風•吹起一庭香月照玲瓏•[254]

蔕—花與枝相接處曰蔕，音帝（dai3）。

蝤蠐—天牛幼蟲，色白。《詩經 · 衛風 · 碩人》：「領如蝤蠐。」喻美人頸項。

惺忪—蕩動貌。唐元稹〈送孫勝〉：「桐花暗澹柳惺忪，池帶輕波柳帶風。」

格—風格。

穠—花木盛也。

約—纏束。

254 手稿見《汪精衛詩詞彙編》下冊頁350。

百字令

流徽榭即事

春風桃李・比梅花時節・多些芳綠・浩浩川原舒窈窕・是處山邱華屋・草露含滋・林煙散暈・萬象如膏沐・玉闌干外・柳絲初裊晴旭・
日暮窮巷牛羊・畫堂燕雀・各自尋歸宿・留得蒼然山色在・領取人間幽獨・潭水悠悠・落霞娟娟・樹影重重覆・低頭吟望・疎鐘已動靈谷・

流徽榭一在南京中山陵園。

靈谷一寺名，在中山陵園附近。俱金陵勝景。

百字令

春暮郊行

茫茫原野・正春深夏淺・芳菲滿目・蓄得新亭千斛淚・不向風前悵觸・渲碧波恬・浮青峰軟・煙雨皆清淑・漁樵如畫・天真只在茅屋・
堪歎古往今來・無窮人事・幻此滄桑局・得似大江流日夜・波浪重重相逐・劫後殘灰・戰餘棄骨・一例青青覆・鵑啼血盡・花開還照空谷・[255]

憶舊遊

落葉

○必背　*必讀

歎護林心事・付與東流・一往淒清・無限留連意・奈驚飆不管・催化青萍・已分去潮俱渺・回汐又重經・有出水根寒・拏空枝老・同訴飄零・

255 手稿見《汪精衛詩詞彙編》下冊頁283。

天心正搖落・算菊芳蘭秀・不是春榮・摵摵蕭蕭裏・要滄桑換了・秋始無聲・伴得落紅歸去・流水有餘馨・儘歲暮天寒・冰霜追逐千萬程・[256]

◎題註一：寫當時離開重慶出國外的心情。涵林時爽「殘葉」、龔定盦「落紅」句，去國情懷，不盡依依。

◎題註二：戊寅（一九三八）去國作此故國之思，留連往復，低迴無限。而託於落葉以寫衷心，聲情之勝可以迴腸蕩氣矣。曾書以寄陳樹人，竟不得報。世無解人，有之；亦怵於環境，噤不敢聲，如此赤心猶不得白，夫復何言。

護林心事—黃花崗革命先烈林時爽詩：「入夜微雲還蔽月，護林殘葉忍辭枝。」

搖落—凋殘也。魏文帝曹丕〈燕歌行〉：「秋風蕭瑟天氣涼，草木搖落露為霜。」

摵摵蕭蕭—元貢師泰〈至正十一年秋七月巡按松州虎賁分司時山谷寒甚公事絕少明日即還為賦此 其一〉：「秋風摵摵衣綿薄，夜雨蕭蕭燭焰低。」

金縷曲

○必背

綠遍池塘草用梅影書屋詞句・更連宵・淒其風雨・萬紅都渺・寡婦孤兒無窮淚・算有青山知道・早染出龍眠畫藁・一片春波流日影・過長橋又把平堤繞・看新塚・添多少・

故人落落心相照・歎而今・生離死別・總尋常了・馬革裹尸仍未返・空向墓門憑弔・只破碎山河難料・我亦瘡痍今滿體・忍須臾一見欃槍掃・逢地下・兩含笑・[257]

◎題註：潘夫人靜淑適吳氏湖帆，有〈梅影書屋詞〉，所作〈千秋歲〉詞有「清明新雨後，綠遍池塘草」句。潘夫人歿後，湖帆以潘夫人「綠遍池塘草」句子手稿刻為詩箋，邀友人題詠，翁為作此因潘夫人之亡並憶仲鳴、次高諸故人，故後闋及之生死一句，當醉後隨手故紙古書數過。哽咽不復成聲。

256 手稿見《汪精衛詩詞彙編》下冊頁284–290。

257 手稿見《汪精衛詩詞彙編》下冊頁291–292。

梅影書屋—吳湖帆室名。

龍眠畫藁—李公麟，字伯時，晚號「龍眠山人」，宋畫家。有流民圖。

「馬革」句—指曾仲鳴被刺殺，厝於河內。

「瘡痍」句—廿四年冬，遇刺中三鎗。

欃槍—彗星。彗星現，主兵凶。

虞美人

空梁曾是營巢處‧零落年時侶‧天南地北幾經過‧到眼殘山賸水已無多‧
夜深案牘明鐙火‧閣筆淒然我‧故人熱血不空流‧挽作天河一為洗神州‧

滿江紅

○必背

驀地西風‧吹起我亂愁千疊‧空凝望‧故人已矣‧青燐碧血‧魂夢不堪關塞闊‧瘡痍漸覺乾坤窄‧便劫灰冷盡萬千年‧情猶熱‧煙斂處‧鐘山赤‧雨過後‧秦淮碧‧似哀江南賦‧淚痕重溼‧邦殄更無身可贖‧時危未許心能白‧但一成一旅起從頭‧無遺力‧

秦淮—河名，在南京。

邦殄—《詩經．大雅．瞻卬》：「人之云亡，邦國殄瘁。」殄，迪撚切（tin5），盡也。

一成一旅—猶地狹人少，勢力微薄。《左傳．哀公元年》：「有田一成，有眾一旅。」《周禮．冬官．匠人》：「方十里為成。」《周禮．夏官．敘官》：「五百人為旅。」

滿江紅

庚辰中秋

一點冰蟾‧便做出十分秋色‧光滿處‧家家愁冪‧一時都揭‧世上難逢乾淨土‧天心終見重輪月‧歎桑田滄海亦何常‧圓還缺‧
雁陣杳‧蛩聲咽‧天寥闊‧人蕭瑟‧賸無邊衰草‧苦縈戰骨‧挹取九霄風露冷‧滌來萬里關河潔‧看分光流影入疎巢‧烏頭白‧[258]

重輪月—凡形如車輪者，如日輪，月輪，古以日月重輪為祥，有樂府典名作「月重輪」。作者幼孫女以重輪命名。

烏頭白—喻事勢之不容變易。《史記‧荊軻傳贊》註：燕丹求歸，秦王曰，烏頭白，馬生角，乃許耳。

虞美人

庚辰重陽前三日方君璧妹在南京書肆中得滿城風雨近重陽圖蓋前歲旅居漢皋時懸之齋壁者為題二詞於其右

迥遭風雨城如斗‧悽愴江潭柳‧昔時曾此見依依‧爭遣如今憔悴不成絲‧
等閒歷了滄桑劫‧楓葉明於血‧卻憐畫筆太纏綿‧妝點山容水色似當年‧

秋來彫盡青山色‧我亦添頭白‧獨行踽踽已堪悲‧況是天荊地棘欲何歸‧
閉門不作登高計‧也攬茱萸涕‧誰云壯士不生還‧看取筑聲椎影滿人間‧[259]

「誰云」二句—指昔年謀刺攝政王事，題〈易水送別圖〉詩首章末句同此。

---

258 手稿見《汪精衛詩詞彙編》下冊頁293–294。

259 手稿見《汪精衛詩詞彙編》下冊頁295。

浣溪沙

廣州家園中作

英石岧岧俛畫闌・觀音竹映小盆山・餘生還得故園看・
橄欖青於饑者面・木棉紅似戰時瘢・尚存一息未應閒・

邁陂塘

二十九年十一月一日晚飯時家人忽以杯酒相屬問之始知為五年前余為賊所斫不死而設也因賦此詞

○**必背**

歎等閒・春秋換了・鐙前雙鬢非故・艱難留得餘生在・纔識餘生更苦・休重溯・算刻骨傷痕・未是傷心處・酒闌爾汝・問搔首長吁・支頤默坐・家國竟何補・
鴻飛意・豈有金丸能懼・翛翛猶賸毛羽・誓窮心力迴天地・未覺道途修阻・君試數・有多少故人・血作江流去・中庭踽踽・聽殘葉枝頭・霜風獨戰・猶似喚邪許・[260]

邪許— 音耶脝（je4 fu2）。《准南子．道應》：「今夫舉大木者，前呼邪許，後亦應之，此舉重勸力之歌也。」

木蘭花慢

某君有鰥絃之戚賦詞見示依調慰之

○**必背**

人生何所似・似渴驥・湧奔泉・歎一曲清泓・無窮况味・甘苦鹹酸・幾番・醉醒未了・早滔滔哀樂迫中年・俠骨英雄結納・情場兒女纏綿・
蕭然・落日照烽煙・夜枕綠沈眠・又孤夢初回・淋鈴悽韻・和入驚絃・鐙前・尚留倩影・對丹心華髮耿相憐・離合從來一瞬・至情無間人天・

260 手稿見《汪精衛詩詞彙編》下冊頁296–299。

◎題註：「某君」指任援道。「輟絃之戚」，後知為如夫人之喪，為之拂然者久矣。

綠沈—《北史．張奫傳》：「徵拜大將軍，賜綠沈甲。」綠沈，色濃綠也。

淋鈴—《太真外傳》：上至斜谷口，淋雨瀰旬，棧道中聞鈴聲。悼念貴妃，因採其聲為〈雨淋鈴〉曲以寄恨焉。

金縷曲

三十年六月二十三日余晤宮崎夫人於日本東京承以民報時代照片見貽蓋丙午之秋革命軍在萍鄉醴陵失敗後余將偕黃克強赴廣州謀再舉行前一日在民報社庭園內所攝克強倚樹而坐宮崎夫人之姊氏立於其左余立於其後在余之右者為林時塽再右為魯易為章太炎為何天烱凡七人今存者余一人而已把覽之餘萬感交集為題金縷曲一闋護林殘葉忍辭枝時塽詩句斷指謂克強也

小聚秋聲裏·近黃昏籬花搖暝·庭柯彫翠·殘葉辭枝良未忍·耿耿護林心事·正嗚咽風蕭易水·三十六年真電掣·賸畫圖相對渾如寐·誰與攬·澄清轡·
故人各了平生志·早一坏黃花嶽麓·心魂相倚·為問當時存者幾·落落一人而已·又華髮星星如此·賸水殘山嗟滿目·便相逢勿下新亭淚·為投筆·歌斷指·

宮崎夫人—同盟會時期，革命黨人之日本朋友。

民報—革命黨人當時在日本出版之報刊。

萍鄉、醴陵—湖南地名，革命軍曾在該兩地起義。

黃克強—名興，湖南人，革命領導人之一。

魯易—名其昌，字蕙孫。湖南常德人（一九〇〇—一九三二）。曾赴日本明治大學留學。一九二二年加入中國共產黨，國共戰鬥時，被國民革命軍捕獲，處決於湖北省沔陽縣。

章太炎—名炳麟，餘杭人，同盟會員。精文字音韻訓詁之學。

何天烱—字曉柳，廣東興寧人（一八七七—一九二五），同盟會本部會計，後被選為廣東同盟會會長，歷涉南洋，聯合僑眾，宣傳籌款甚力。黃花崗之役，君致力其間。武昌起義，贊助黃克強戎幕。革命政府成立，總理委為駐日代表。袁氏叛國稱帝及復辟諸役，與朱執信諸烈士起兵靖難。陳炯明叛，君太息痛恨，遁跡邱園。粵局甫清，再啣命赴日。積勞成疾，十四年，孫總理逝世，天烱感嘆痛哭，遂以不起，卒年四十九歲。

斷指—黃克強黃花岡之役受傷，斷右手中指，元年在南京復為電風扇傷右手食指及無名指。自後作書，惟恃拇指及小指，而筆意轉更蒼勁。

風蕭易水—指將赴廣州謀再舉，與同志別也。

攬澄清轡—《後漢書·范滂傳》：「時冀州饑荒，盜賊群起，乃以滂為清詔使，案察之。滂登車攬轡，慨然有澄清天下之志。」

水調歌頭

辛巳中秋寄冰如

○必背

一片舊時月·流影入中庭·問天於世何意·歲歲眼常青·天上瓊樓皎潔·人世金甌殘缺·兩兩苦相形·拂衣舍之去·欹枕聽長更·飫孤光·似冰雪·夜泠泠·銀河清淺·怎載得如許飄萍·鴻雁北來還去·烏鵲南飛又止·無處不零丁·何辭千里遠·共此一窗明·[261]

◎題註：民卅辛巳（一九四〇）八月，乘飛機至廣州，甫稍留即去，既而寄此詞，故有「鴻雁」、「烏鵲」之句。

眼常青—謂喜悅時正目而視，眼多青處；歲歲青眼，蓋每年中秋俱月圓也。

金甌—《南史·朱異傳》：「我國家猶若金甌，無一傷缺。」

261 手稿見《汪精衛詩詞彙編》下冊頁300。

三十年以後作

◎題註：按此為澤存版所未載，永泰版方始補入。惟〈辛巳除夕寄榆生〉、〈冰如手書陽明先生答聶文蔚書及余所作述懷詩合為長卷繫之以辭因題其後時為中華民國三十年四月二十四日距同讀傳習錄時已三十三年距作述懷詩時已三十二年矣〉、〈六月十四日為方君瑛姊忌辰舟中獨坐愴然於懷並念曾仲鳴弟〉及〈金縷曲〉、〈水調歌頭〉詞均三十年後作，以後應予重編。

六十生日口占

六十年無一事成・不須悲慨不須驚・尚存一息人間世・種種還如今日生・

白芍藥花

薌澤丹鉛總莫加・轉於狷潔見風華・嫌名若不嗔唐突・合上徽稱綽約花・[262]

讀史

竊油燈鼠貪無止・飽血帷蚊重不飛・千古殉財如一轍・然臍還羨董公肥・[263]

然臍—董卓挾漢帝遷長安，自為太師。後為王允呂布誘殺，屍棄於市。卓體胖，眾燃其臍，終宵不滅。

262 手稿見《汪精衛詩詞彙編》下冊頁301。

263 手稿見《汪精衛詩詞彙編》下冊頁301。

題畫

方君璧作任重志遠圖

負山于背重千鈞・足趾沾泥衣著塵・跋涉艱難君莫歎・獨行踽踽又何人・

◎題註：任重致遠圖為方十一姑卅年旅粵所作。

題畫

方君璧作黃山雲海圖

松籟蕭騷響上頭・下看人世晚悠悠・千巖萬壑如波浪・欲放乘風一葉舟・

◎題註：雙照樓藏黃山雲海圖為十一姑用的所繪扇面，乙酉之劫（一九四五）散迭。

為曼昭題江天笠屐圖

笠屐翛然似放翁・江天魚鳥亦從容・盤空黑羽頻捎月・躍水赬鱗欲化虹・別浦燈光深樹裏・歸舟人語淡煙中・畫圖但溯兒時樂・嗟爾披吟淚滿胸・[264]

放翁—陸游字，南宋詩人。

石頭城晚眺

廢堞荒壕落葉深・寒潮咽石響俱沈・一聲牧笛斜陽裏・萬壑千巖盡紫金・

紫金—鐘山一名紫金山。

264 手稿見《汪精衛詩詞彙編》下冊頁302。

春暮登北極閣

近檻波光照我襟·棲霞牛首遠中尋·湖山自鬱英雄氣·原隰終興急難心·風定落紅依故砌·雨餘高綠發新林·低徊未忍褰衣去·坐待冰蟾破夕陰·[265]

◎題註：登北極閣，文傑每每從游，一日雨後遠眺鍾山，遙指新林初綠，作者嘆為奇色，「落紅」、「高綠」句最得意。

棲霞牛首—棲霞，山名，在南京東北，秋多紅葉。牛首山在南京，春多杜鵑花。有「春遊牛首，秋遊棲霞」之説。

「風定落紅」句—亦「護林殘葉」意。

褰衣—挈衣也。

方君璧妹自北戴河海濱書來云海波蕩月狀如搖籃引申其語作為此詩

海波如搖籃·皓月如睡兒·籃搖睡更穩·偃仰隨所之·凝碧清且柔·湛若盤中飴·微風作吹息·漾漾生銀漪·疇昔喻素娥·有類母中慈·今也兒中孝·形影長不離·青天靜無言·周遭如幔帷·殷勤與將護·勿遣朝寒欺·[266]

壬午中秋夜作

明月有大度·於物無不容·妍醜雖萬殊·納之清光中·江山既輝媚·塵土亦清空·花木既明瑟·灌莽亦蔥朧·城郭千萬家·關山千萬重·縞潔揚其暉·緇磷汩其蹤·化瑕以為瑜·無異亦無同·玉宇在人間·悠哉此一逢·孰云秋已半·春氣何沖融·願言生六翮·浩蕩揚仁風·[267]

---

265 手稿見《汪精衛詩詞彙編》下冊頁303。

266 手稿見《汪精衛詩詞彙編》下冊頁304。

267 手稿見《汪精衛詩詞彙編》下冊頁305–310。

◎題註：庚辰至癸未，每年中秋均有詩詞之作寄母[268]，母並邀請書作四屏懸之臥室，乙酉之劫，並此無存矣。翁嘗指「明月」二句笑謂文傑曰：此三姑也[269]，並書此首贈之。

秋夜即事

月輪冉冉御天風・萬瓦新霜皎皎同・樹影滿庭人不語・秋聲只在碧空中・

偶成

新綠涵春雨・微寒一院生・日光動啼鳥・清絕是初晴・[270]

重光大使屬題三潭印月圖卷

水色澹而空・月光皎以潔・水月忽相遇・天地共澄澈・一月落千波・千波各一月・空靈極動盪・涵泳歸靜寂・我心亦如水・印月了無迹・願持澹泊姿・共勵貞明節・

飛機中作

時為十二月二十日月將望故云然

重雲覆海下茫茫・上是晴空色正蒼・中有控鸞人一笑・東西日月恰相望・

268 即李凌霜，又名李佩貞、李漪，是何孟恆母親，曾在執信學校、國民黨廣州黨部以及香港南洋煙草公司，九龍紗廠工作。

269 即曾醒（1992–1954），福州侯官（今閩侯）人，字夢華。人稱「三姑」。方聲濂之妻，曾仲鳴之姊。

270 手稿見《汪精衛詩詞彙編》下冊頁311。

惺兒畫牽驢圖戲題其右

驢為哲學家・負重無不可・四足已蹩躠・一背仍磊砢・怡然逢孺子・引手釋所荷・牽曳就芻秣・目動兩頤朵・長勞得少息・此樂吾亦頗・泉聲如引睡・芳草隨所臥・[271]

◎題註：卅一年（一九四二）夏，惺養病滬濱，暇日輒學作畫，偶畫牽驢圖[272]為獻，冀博一燦，既而見示此詩，並囑繪為團扇，自書其背。翁逝世後，母檢出此扇回贈惺傑，到今墨光燦然，當永以寶之。

蹩躠—用心力貌，又旋行貌。音別薛（bit6 sit3）。

蠟梅

后山詩句古今傳・我更拈花一惘然・古色最宜邀凍石・孤標只合耦冰仙・淡黃月色無風夜・凝碧池光欲雪天・著此數枝更清絕・不辭耐冷立階前・[273]

廣東通志蠟石一名凍石羣芳譜水仙單瓣者名冰仙

蠟梅—Calycanthus praecox，落葉灌木，花蠟黃色，有香氣，一名黃梅花。

后山—陳師道字。宋彭城人，工詩文。

三十二年三月二十三日在廣州鳴崧紀念學校植樹樹多木棉及桂仲鳴沒於三月二十一日次高沒於八月二十二日適當兩樹花時也

兩手把樹枝・兩淚滴樹根・故人不可見・見樹如見人・木棉花殷紅・桂花皎以潔・想見故人心・如火亦如雪・花飛還復開・葉落還復生・有如故人心・萬古常青青・故人心何在・乃在人心裏・相愛復相親・故人良未死・樹人望成才・樹木望成林・收拾舊山河・勿負故人心・故人若歸來・臨風聞此曲・願山益以青・願水益以綠・

---

271 手稿見《汪精衛詩詞彙編》下冊頁312、352。

272 牽驢圖見《汪精衛詩詞彙編》下冊頁352。

273 手稿見《汪精衛詩詞彙編》下冊頁313。

三月二十六日別廣州飛機中作此寄恂兒

秦淮綠柳未抽芽・南海紅棉已著花・四野春光融作水・千山朝氣蔚成霞・老牛含笑看新犢・雛鳥多情哺倦鴉・乍喜相逢還惜別・卻愁風雨阻行槎・

書所見

網密蛛肥踞畫檐・兩獒爭骨殿門前・瓶花妥帖爐香靜・始信禪房別有天・

偶成

雨後春泥已下鋤・一庭芳穢有乘除・爐灰爆得花生米・便與兒童說子虛・

即景

月光水色化虛無・月是冰心水玉壺・化到竹林更清絕・竿竿都是碧琳腴・

雜詩

文章有萬變・導源惟一清・欲致雲海奇・先求空水澄・澼之不厭純・淬之不厭精・未能去荒穢・安在儲菁英・星月有昭質・蕩蕩行空青・虛中乃翕受・冰雪發其瑩・非儉不能仁・非廉不能明・政事亦如此・感慨淚縱橫・

澼──漂也。

即事

風咽瓶笙茗熟初・硯池花落惜香餘・青燈不礙明蟾影・雙照樓中夜讀書・

瓶笙—謂煎茶將沸，聲幽細如吹笙也。見蘇軾〈瓶笙詩引〉。

看花絕句

冰霜禁受不相猜・笑向東風把臂來・為使年年春似海・萬花齊落復齊開・

讀陶詩

愚觀贈羊長史詩知陶公於劉裕之收復關河不能無拳拳之念然終於廢然意沮者以裕之所為不過自創其子孫帝王萬世之業充此一念患得患失必無所不至陶公胸次有伯夷之清孟子所謂行一不義殺一不辜而得天下不為者其攢眉而去亦固其所史但稱自以曾祖晉室宰輔云云似未足以盡陶公而諸家評註惟知著眼於此可為一歎裕之手翦燕秦固快人意然以汲汲於帝制自為之故功業不終致成南北朝擾攘之局是則全謝山之推崇宋武亦不免有所偏也因作此詩

寄奴人中龍・崛起自布衣・伯仲視劉季・功更在攘夷・嗟哉大道隱・天下遂為私・坐令耿介士・棄之忽如遺・錢溪始自勵・彭澤終言歸・豈為恥折腰・恥與素心違・世無管夷吾・左衽誠可悲・若無魯仲連・何以張國維・

◎題註一：作者於陶澍集註《靖節先生集》卷末諸本評陶彙集上，有硃批，抄錄如下：陶淵明詩高出古今，讀其詩者慕其人，因之於其出處亦加詳焉。以愚論之，淵明於劉裕初平桓玄之際，欣然有用世之志。〈乙巳歲三月為建威參軍使都經錢溪〉詩云，「晨夕看山川，事事悉如昔」。又云，「眷彼品物存，義風都未隔」。趙泉山謂此詩大旨在慶遇安帝克復大業，不失故物也。斯言得之。及其見裕充鄙夫之心，患得患失，無所不至，始決然棄去，抗節以終。〈讀史〉述〈夷齊〉、〈箕子〉兩首，心事最為明白。五臣以下，所論皆知其一，未知其二。即全謝山之推崇宋武，亦有所偏也。因作此詩。集中所作詩序，大意與此相同，與此同讀，更為明瞭。

◎題註二：作者晚近數年致力於陶詩評註之研究、歷代陶集，多所蒐集並手自批校。劫火所餘，惟自批清陶澍所輯《靖節先生集》一種，原書存龍榆生忍寒先生處，仲蘊有錄本。[274]

寄奴—南朝宋武帝劉裕，小字寄奴。桓玄篡晉，裕起兵討平之，興復晉室。後弒晉帝，尋受禪，國號宋。

劉季一漢高祖劉邦，字季。

錢溪一地名。陶詩有〈乙巳歲三月為建威參軍使都經錢溪〉云：「伊余何為者，勉勵從茲役。」

彭澤一彭澤縣在江西湖口縣東。淵明曾為縣令，後棄官歸。

折腰一鞠躬下拜也。淵明歎曰，吾不能為五斗米折腰，拳拳事鄉里小人。

管夷吾— 管仲，字夷吾，春秋齊潁上人，相桓公。《論語・憲問》：「微管仲，吾其披髮左衽矣。」夷狄之人，披髮左衽。言無管仲，則中國淪為夷狄也。

魯仲連一戰國齊人。遊於趙。會秦圍趙急，魏使新垣衍入趙，請尊秦為帝，以求罷兵。仲連不許，曰：彼即肆然稱帝，連有蹈東海死耳。秦將聞之，為卻軍五十里。適魏無忌來救，圍遂解。

國維一禮義廉耻，為治國之綱，是為國之四維。

夜坐竹林中作

露葉風枝密復疎•碧琳腴映玉蟾蜍•含光弄影知何意•伴我林間夜讀書•

竹

修竹竿竿綠到根•下為流水上為雲•茅亭更在深深處•只有書聲略可聞•

274 長女汪文惺過錄汪精衛、龍榆生朱筆批註之《靖節先生集》，見《獅口虎橋獄中手稿》 第二冊。

二十餘年前嘗自江西建昌縣驛徒步往柘林村訪四姊侵曉行夜半始達留一日以小舟歸沿途山水清峭意殊樂之欲作詩久未就癸未夏夕苦熱枕上忽得之錄如左

天明下艇辭田家·雙棹紆折穿蒹葭·忽從小汊出江面·灧灧玉境開秋華·建昌山水夙秀峭·盥沐風露逾柔嘉·波遠白帆點初日·天空綠樹明朝霞·澄漪絕底作碧色·俯視可辨石與沙·雲居縹緲在天半·倒影入水清而葩·昨宵苦熱體流汗·嗽漱未畢寒齒牙·欣然腹餒思朝食·小舟相值多魚蝦·十錢買得徑尺鱖·和以豉汁參薑芽·青蔬白米久已備·尚有村釀名橙花·回頭煙樹乍明滅·柘林村與人俱遐·卅年骨肉一相見·苦淚在眼猶麻茶·須臾酒香飯亦熟·鷗鷺探首聲啞啞·

◎題註：四姊適王，訪晤之後，於民國二十三年（一九三四）春並曾迎居南京，經年始返江西。

蒹葭一未秀葦也。

葩一物盛麗者曰葩。

飛行機中偶作

蒼天近咫尺·風日清且曠·白雲如蓮花·開滿碧海上·

癸未中秋作此示冰如

幼時嬉戲慈親側·最愛中秋慶佳節·遶庭拍手唱新詞·大餅團團似明月·今年兩遂含飴願·對月開樽翁六一·坐聞咿啞為忻然·卻憶兒時淚橫臆·月兮月兮·我生與爾長相從·有影必共光必同·周旋朔漠千堆雪·流轉南溟萬里風·悲歡離合無重數·喜爾清光總如故·屹然照此白髮翁·鐵骨冰心不相忤·芙蓉花影今宵多·依然壁上蔓藤蘿·不辭痛飲醉顏酡·卻顧恐被孟光訶·[275]

275 手稿見《汪精衛詩詞彙編》下冊頁314。

◎題註：詩蒼涼逾昔，小有老態矣。癸未年（一九三二）長媳產孫女重秀，七月長女產孫女重光。

兩遂含飴一長孫女重秀，外孫女何重光均癸未出生。

臆一胸。

「芙蓉花影」、「壁上藤蘿」句一皆〈秋庭晨課圖〉情景。

即事

日光猛烈水風涼•水畔山頭百仞強•度壑穿林無限好•萬松香會萬荷香•

◎題註：癸未夏，同登北極閣，玄武湖荷花遙送芳香，作此。

飛機中作

拂耳飛星若有聲•俛看足底月華生•山林城廓濛濛地•惟有長川一道明•

郊行即事

平原芳草綠初酣•馬足踟躕未忍探•最是日明風又靜•梈花如雪燭天南•

梈花一即棠梨 Prunus betulaefolia，春日開花，採之曝乾，可以充蔬。

百子令

連日熱甚夜不成寐既望月出布簟階上臥觀久之遂得酣睡至於天明賦此為謝

悶沈沈地•忽飛來明月•萬花齊醒•香氣因風成百和•瑟瑟動搖清影•歷亂茅茨•尋常草樹•也入空靈境•四圍寂寂•浩歌宜在松頂•

堪笑玉潔姮娥・獨清未辦・與衆生同病・賴有一丸靈藥在・化作冷波千頃・蜀犬收聲・吳牛止喘・美睡從吾領・夢回蛙鼓・廣寒仙樂同聽・[276]

茨一音瓷（ci4），以茅蓋屋也。

姮娥—后羿妻。《淮南子・覽冥》：「譬若羿請不死之藥於西王母，姮娥竊以奔月。」姮娥，嫦娥也。

蜀犬—唐柳宗元〈答韋中立論師道書〉：「屈子賦曰：『邑犬群吠，吠所怪也。』僕往聞庸蜀之南，恆雨少日，日出則犬吠。」

吳牛—《世說新語・言語》：「臣猶吳牛，見月而喘。」吳牛，水牛也，畏熱。見月疑是日，是以見月亦喘。

朝中措

重九日登北極閣讀元遺山詞至故國江山如畫醉來忘卻興亡悲不絕于心亦作一首

城樓百尺倚空蒼・雁背正低翔・滿地蕭蕭落葉・黃花留住斜陽・闌干拍徧・心頭塊壘・眼底風光・為問青山綠水・能禁幾度興亡・[277]

◎題註一：民國三十二年（一九四三）秋，作者背部舊創復發，健康衰退。〈朝中措〉詞成於此時。[278] 眼前一片蒼茫，胸中萬般悲愴，此後遂不復作。

◎題註二：民國三十二年癸未年公餘之暇，每登北極閣宋氏故邨休憩，是年冬背部施手術割取八年前遇刺所遺子彈，手術後亦留此休養。卅三年新年後始返頤和路官舍，然自是健康迄未恢復，纏綿床席，卅三年十一月薨。追思作此詞之時，當是最後之游也。

元遺山—元好問，金秀容人，字裕之。金亡，不仕，號「遺山真隱」，詩文為一代宗工。

276 手稿見《汪精衛詩詞彙編》下冊頁315–316。

277 手稿見《汪精衛詩詞彙編》下冊頁317–318。

278 〈朝中措〉曾刊登在1942年《同聲月刊》第2卷第10期中，按此推論應是1942年10月18日作。

補遺

由巴黎返羅痕郊行

蛙迎歸客互喧呼・無限歡聲漸滿湖・幾處蘆根知水落・一時風雨令花踈・好山重對逢知己・熟徑追尋溫舊書・入夜誰驅幽澗月・伴人耿耿到庭除・[279]

重九登白雲山

累碁直上眾峰頭・回首坡坨紫翠稠・南國魚龍方靜夜・中原鴻雁又驚秋・名山浪作終身計・佳節聊為盡日遊・歸路漸知人事近・尚聞礀水入林幽・[280]

◎題註：此作錄自手書藁。「名山」句，「雙照樓」主人昔曾與至親友好相約，他年將共歸葬蒲礀廉泉之間。方氏君瑛先喪，主人為營墓於白雲山麓，亡兒早殤，附葬於側。然人事無常，難於逆料。終能踐約者，唯方氏一人而已。

舟出巫峽過巫山縣城俯江流山翠欲活與十二峰巉巖氣象迴不侔矣為作一絕句

峽開江水接天流・一抹修眉翠黛浮・若把風姿喻神女・矜嚴消盡見溫柔・[281]

---

279 手稿見《汪精衛詩詞彙編》下冊頁319。

280 手稿見《汪精衛詩詞彙編》下冊頁320。

281 手稿見《汪精衛詩詞彙編》下冊頁321。

過巫峽

奇峰十二貫蒼穹·鐵骨松顏今古同·一掃荒唐雲雨夢·披襟飽領大王風·[282]

巫峽—三峽之一，在四川巫山縣。

十二峰—〈方輿勝覽〉載巫山有十二峰，以神女峰最為秀拔，下有神女廟。宋玉〈高唐賦〉序稱楚襄王夢遊高唐，有神女薦枕席。

大王風—宋玉〈風賦〉：「此所謂大王之雄風也。」

聞之舟子三峽猿啼近來已成絕響為作一絕句

不盡人間殺伐心·老猿從此入山深·風清日烈瞿塘峽·惟有秋蟬自在吟·[283]

瞿塘峽—三峽之一，在四川奉節縣東南長江中。

春暮

又是鶯飛草長時·劫餘髡柳亦成絲·可憐春色窮妍麗·不似人間有亂離·死未歸魂虛上塚·生仍枵腹強扶犁·幽禽枉作丁甯語·為問提壺欲勸誰·[284]

◎題註：〈舟出巫峽過巫山縣城俯江流山翠欲活與十二峰巉巖氣象迥不侔矣為作一絕句〉至〈春暮〉詩四首未刊，錄自手稿。七律〈春暮〉一作〈春雨〉，稿本數經修改，似未敲定。今據冰如夫人手書贈孅孫軸。（「孅孫」，即朱孅，朱執信次女，嫁給汪精衛侄子汪德璇。）

髡—剪去樹枝曰髡，音坤（kwan1）。

幽禽—指提壺鳥。

282 手稿見《汪精衛詩詞彙編》下冊頁322。

283 手稿見《汪精衛詩詞彙編》下冊頁322。

284 手稿見《汪精衛詩詞彙編》下冊頁323–327。

題吳道鄰繪木蘭夜策圖

風四號・月半吐・此時攬轡跋長路・風與馬・同蕭蕭・月與人・同踽踽・拼將熱血葆山河・欲憑赤手迴天地・戈可揮・劍可倚・一干一城從此始・雖千萬人吾往矣・[285]

◎題註：又稱作〈為冰如題吳湖帆弟子吳道鄰手繪木蘭長征圖〉，此作未見收入集中，或以其體近歌謠，與集中諸作未必盡合，全首亦未提及木蘭故事，蓋樓主有所感觸於畫圖，不覺借此盡紓胸臆，所云：「跋長路」、「踽踽」、「葆山河」、「迴天地」、「一干一城」以至「吾往矣」，直夫子自道也。

285 亦見何秀峰、何英甫兄弟手書的《雙照樓詩詞藳外》，題為〈題吳道鄰為冰如繪便面〉，其中兩句「補遺」作：「拼將熱血葆山河•欲憑赤手迴天地」，「集外」作「好將浩血塞山河•欲憑熱血迴天氣」。

雙照樓詩詞藁集外

何孟恆憶述汪精衛認為以下十三首詩「不夠雅」，故沒收進詩集，以下文字謄錄自何秀峰、何英甫兄弟之手書。

•

何秀峰（1898–1970），又名念劬， 號印廬，冰庵或冰盦，何孟恆父親。廣東中山人，篆刻家與印章收藏家。仰慕汪精衛，曾替汪氏打理「民信印務」，1930 年出版經曾仲鳴等謄錄校勘的《雙照樓詩詞藁》。

何育材，字英甫，號松谿，何秀峰之弟，廣東中山人，書法家，曾為汪精衛擔任抄寫文書的工作。

瀝滘蘊園鶼廬

民元六月

小舟入浦溆·初日媚淪漣·藹藹嘉樹陰·裊裊晨炊煙·荔子千萬顆·顆顆紅欲燃·香帶朝露清·艷奪晴露鮮·小屋亦如舟·長在水之邊·盈盈櫺檻間·悉與荔相緣·饑以荔為糧·渴以荔為泉·既醉復既飽·一榻南窗前·樹影在衣袂·幽夢如飛仙·夢回夜未闌·人月同娟娟·

賀新涼

何處追涼地·遶城西幾條略約·一灣流水·紅荔香中搖屎艇·十里晚晴天氣·看隊隊·鴛鴦遊戲·濯足滄浪嫌水濁·煮魚生粥喫偏爭嗜·新月上夜如市·

柳波搖漾荷風細·意微醺茉莉當胸·素馨圍髻·菱角蓮蓬隨意喫·領取泮塘風味·把渣滓中流拋棄·和尚吟吟開口笑·有蛋家狗肉燜塩鼓·消長夏·儘如此·

民國九年重陽節日既葬仲實於薤露園余與方曾陳三君植梅二冬青樹百於墓旁嗟夫東西南北之人生無定所死無定處得與此三尺斷墳朝夕相依者惟此離離艸樹而已能無慨然

殘日荒荒土一坏·蕭風斜送斷鴻來·心魂相守渾無據·不及寒花傍塚開·

二十四年四月題譚復生唐佛塵先生墨跡

慷慨從容作國殤·大名千古兩瀏陽·淋漓楮墨痕猶濕·中有孤兒淚萬行·

百字令

寒雲送月·正初日朦朧障紗微浴·一抹朝露紅欲醉·驚遲翠禽雙宿·疊嶂重重·垂楊處處·遠引登臨目·懸流百尺·碎虹飛入深綠·

最是宿恙初痊·扶筇小步·笑把羣峰逐·寂寂荒籬聞犬吠·古寺寒鐘相續·湖面膠冰·山牙界雪·僧釀欣初熟·悠然一覺·千秋此意能足·

三十一年題楊椒山先生詩卷

既錄先生絕命詩復步先生獄中詩原韵成此一絕

纏綿忠愛何時畢·萬劫寒灰一寸心·化作松筠庵畔月·孤光長照後來人·

題獨漉堂聽劍圖

一瓣心香四十年·敢云火盡有薪傳·餘生重值艱難日·掩淚淒吟寶劍篇·

兆銘弱冠時讀獨漉堂集始感激為詩四十年來朋輩偶有稱兆銘詩似獨漉者大喜過望而未敢信也去歲璧君得此圖於廣州恭敬展對久之不忍捨去今秋再覲愛發狂言千載以上尚祈見宥辛巳重陽日汪兆銘再題

題吳道鄰為冰如繪便面

風四號·月半吐·此時攬轡涉長路·風與馬·同蕭蕭·月與人·同踽踽·好將浩血塞山河·欲憑熱血迴天氣·戈可揮·劍可倚·一干一城從此始·雖千萬人吾往矣·

中華輿地圖題詞

庶矣哉四百餘兆之人民・廣矣哉四百餘萬方里之山河・悠矣哉四千餘年之歷史・可泣而可歌・率三民主義兮・進斯世於大同・何寇賊之狓猖兮・致四海於困窮・此一片乾淨之土兮・一片忠純之血之所濯也・慨當以慷兮・吾與子其偕作也・身滅兮種延・家毀兮國全・同此心兮所向無前・同此心兮所尚向無前・

無題

蕭瑟蘭成忍述哀・舊時風物首重迴・夢痕酸苦頻推枕・酒意蒼涼遂卻杯・死別親朋餘熱血・生還閭里但寒灰・分明寡婦孤兒淚・灑向青山綠水來・

無題

遠峰含雪映簷牙・老樹髡枝噤凍鴉・別有人間生意在・紙窗晴日煥梅花・

無題

六十年來迹已陳・畫圖重浥淚痕新・三千徂練猶存越・百二山河竟屬秦・夢裏心魂通契闊・眼前代謝有新陳・漸離筑繼荊軻劍・博浪沙椎更絕塵・

無題

昔誦藕莊詞・今觀石谷畫・由來耿介人・意致得瀟灑・樓台無地起・歸者茅茨下・簑笠足烟雨・放漁兼學稼・江上送行人・定是同心者・此樂未敢思・一卷聊共把・

何秀峰手書

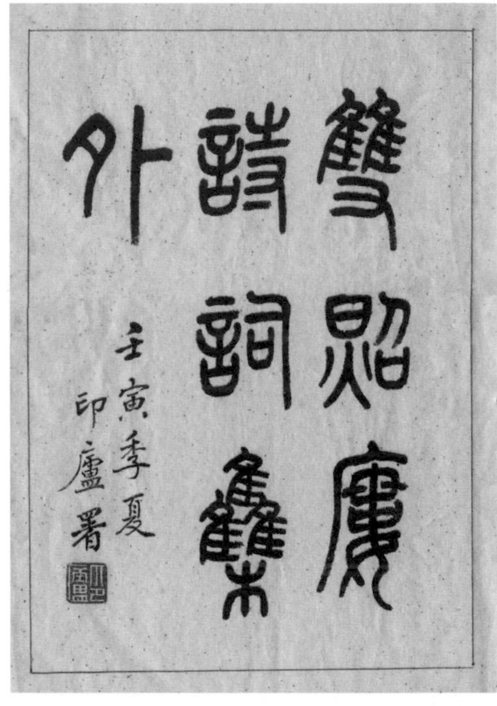

瀝滘蘊園鷓鴣　民元六月
小舟入浦溆初日媚漪漣藹、嘉樹
陰裊、晨炊煙荔子千萬顆顆、紅
欲燃香帶朝露清艷奪晴霞鮮
小屋亦如舟長在水之邊盈、櫺檻
間悉與荔相緣饑以荔為糧渴以
荔為泉既醉復既飽・榻南窗前

樹影在衣袂幽夢如飛仙夢回在
夜未闌人月同娟、
賀新涼
何處追涼地遶堤西幾條畧約一
灣流水紅荔香中搖床艇十里
晚晴天氣看隊、鴛鴦游戲濯足
滄浪嫌水濁煮魚生粥喫倆爭

嗜新月上夜如市　椰波搖漾荷風
細意微醺茉莉當胸素馨團髻菱
角蓮蓬隨意喫領取泮塘風味把渣
滓中流拋棄初尚吟、開口笑有蛋家
狗肉爛鹽豉消長夏儘如此
民國九年重陽節日既葬仲實
於北雞園余與方賞懷三君植梅

二冬青百於墓旁嗟夫東寓
北之人生無定所死無定處得
與此三尺斷墳朝夕相依者惟在
離、艸樹而已能無慨然
蘺下脫一霑字 青下脫樹

殘日黃、土一抔蕭風斜送斷鴻來
心魂相守渾無據不及寒花傍塚開

二十四年四月題譚後生唐佛塵先生

墨跡

慷慨從容作國殤大名千古兩瀏陽
淋漓楮墨痕猶濕中有孤兒淚萬行

百字令

寒雲送月正初日朦朧障紗微浴一
抹朝霞紅欲醉鶯、初翠禽雙宿
疊嶂重、垂楊處、遠引登臨
目懸流百尺碑虹飛入深綠最是
宿靄初晴扶節以步笑把拳峰
遙拜、荒離亂犬吠古寺寒鐘
大續湖面膠冰山牙累雪僧釀
欣和、點悠然・覺千秋此意能
足

題字誤書初字

既錄先生挽師詩復出先生獄中詩原稿因附此一絕

三十一年題楊楙山先生詩卷

纏綿忠愛何時畢萬劫寒灰一寸心化作
松筠庵半月孤光長照後來人

畔誤書作半

題獨漉堂龍劍圖

一瓣心香四十年敢云火盡有薪傳好生
重值艱難日掩淚淒吟寶劍篇

兆銘弱冠時讀獨漉堂集極感激為詩四十年來朋輩
偶有稱兆銘詩似獨漉者大喜過望而未敢信也去

歲璧君得此圖於廣州恭敘展對久久不忍捨去今秋再覩愛發狂言千載以上尚祈見宥辛巳重陽日
汪兆銘再題

題吳道鄰為冰如繪便面

風四蹄月半吐此時攬轡浩長路風與馬同
蕭蕭月與人同皜皜好將浩氣塞山河欲憑
熱血迴天氣戈可揮劍可倚一千千從此
始雖千萬人吾往矣 千下脫一字

中華輿地圖題詞

庶矣哉四百餘兆之人民廣矣哉四百餘
萬方里之山河悠矣哉四千餘年之歷
史可泣而可歌率三民主義兮進斯世於
大同何寇賊之狡猖兮致四海於困窮
此一片乾乾淨淨之土兮一片忠純之血之
所灌也慨當以慷兮吾與子其偕作

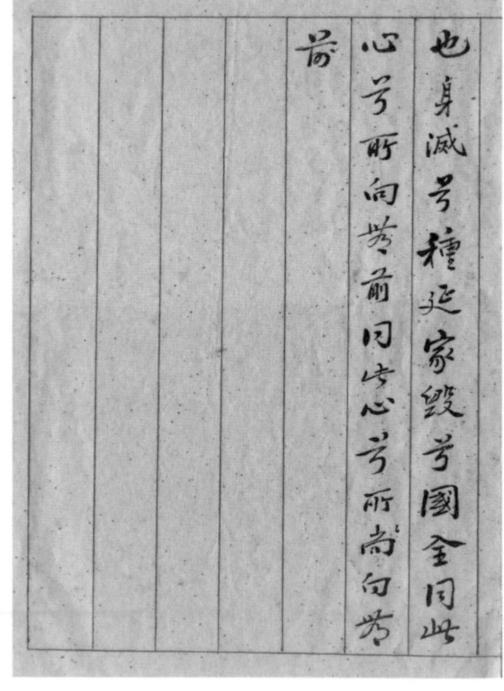

也身滅兮種延家毀兮國全同此
心兮所向無前同此心兮所尚向無
前

[illegible]題

蕭瑟蘭成忍述哀燕盈時風物首
重迴夢痕酸苦頻推枕酒意蒼
涼遂卻杯死別親朋餘熱血生還
閭里但寒灰分明寡婦孤兒淚灑向
青山綠水來

[illegible]題

遠峯含雪映簷牙老樹髡枝
噤凍鴉剝盡人間生意在紙窗
晴日煥梅花

無題

六千年來遠遠陳畫圖重浥淚痕
新三千祖練猶存越百二山河竟
屬秦夢裏心魂通契闊眼前代
謝有新陳漸離筑繼荊軻劍博
浪沙椎更絕塵

無題

昔誦藕莊詞今觀石谷畫由來
耿介人意致得瀟灑樓台無地起
歸有茅茨下蓑笠足烟雨放漁兼
學稼江上送行人定是同心者也
樂未敢思一卷聊共把

壬寅季夏

冰盦寫於松閒廬

何英甫手書

瀝滘蘊園鶴廬 民元六月
小舟入浦潋初日媚淪漣藹藹嘉樹陰裊裊晨炊煙荔子
千萬顆顆顆紅欲燃香帶朝露清豔奪晴霞鮮小屋亦如
舟長在水之邊盈盈檻檻間悉與荔相緣餓以荔為糧渴
以荔為泉既醉復既飽一榻南窗前樹影在衣袂幽夢如
飛仙夢回夜未闌人月同娟娟
賀新涼
何處追涼地遶城西幾條略約一灣流水紅荔香中搖
艇十里晚晴天氣看隊隊鴛鴦游戲濯足滄浪嫌水濁煮
魚生粥喫偏爭嗜新月上夜如市 柳波搖漾荷風細

意緻釀茉莉當胸素馨圍髻菱角蓮蓬隨意喫領取泮塘
風味把渣滓中流拋棄和尚吟吟開口笑有屠家狗肉爛
葅豉消長夏儘如此
民國九年重陽節日既葬仲實於蓮露園余與方曾
陳三君植梅二冬青樹百於墓旁嗟夫東西南北之
人生無定所死無定處得與此三尺斷墳朝夕相依
者惟此離離草樹而已能毋慨然
殘日荒荒土一杯蕭風斜送斷鴻來心魂相守渾無據不
及寒花傍塚開
二十四年四月題譚復生唐佛塵先生墨蹟

慷慨從容作國殤大名千古兩瀏陽淋漓楮墨痕猶濕中
有孤兒淚萬行
百字令
寒雲送月正初日朦朧綠紗微浴一抹朝霞紅欲醉驚初
翠翁雙宿疊嶂重重垂陽處處遠引登臨目懸流百尺碎
虹飛入深綠 最是宿慧初痊扶筇小步笑把群峯逐
寂寂荒蘿閒犬吠古寺寒鐘相續湖面膠冰山牙界雪僧
釀欣初熟悠然一覺千秋此意能足
既錄先生絕命詩復步先生獄中詩原韻成此一絕
三十一年題楊椒山先生詩卷

纏綿忠愛何時畢萬劫寒灰一寸心化作松筠庵畔月孤
光長照後來人
題獨漉堂聽劍圖
一瓣心香四十年敢云火盡有薪傳餘生重值艱難日掩
淚淒吟寶劍篇
兆銘弱冠時讀獨漉堂集始感激為詩四十年來朋
輩偶有稱兆銘詩似獨漉者大喜過望而未敢信也
去歲璧君得此圖於廣州恭敬展對久久不忍捨去
今秋再觀愛發狂言千載以上尚祈見宥辛巳重陽
日汪兆銘再題

題吳道鄰為冰如繪便面
風四撓月半吐此時攬轡涉長路風與馬同蕭蕭月與
人同踽踽好將浩氣塞山河欲憑熱血迴天氣戈可揮
劍可倚一干一城從此始雖千萬人吾往矣

中華輿地圖題詞
庶矣哉四百餘兆之人民廣矣哉四百餘萬方里之山河
悠矣哉四千餘年之歷史可泣而可歌率三民主義兮進
斯世於大同何冠賊之披猖兮致四海於困窮此一片乾
淨之土兮一片忠純之血之所濯也慨當以慷兮吾與子
其偕作也身滅兮種延家毀兮國全同此心兮所向無前

同此心兮所向無前
蕭瑟蘭成恩述哀舊時風物首重迴夢痕釀苦頻推枕酒
意蒼涼懶御杯死別親朋餘熱血生逢閭里但寒灰分明
寡婦孤兒淚灑向青山綠水來
遠峯含雪映簷牙老樹髡枝喋凍鴉別有人間生意在紙
窗晴日煖梅花
六十年來迹已陳幽國重浥淚痕新三千祖練猶存越百
二山河竟屬秦夢裏心魂通與瀾眼前代謝有新陳漸離
筑繼荊軻劍博浪沙推炙絕塵
昔誦稿莊詞今觀石谷畫由來耿介人意致得蕭灑樓台

與地起棘者茅菸下簑笠足煙雨放漁兼學稼江上送行
人定是同心者此樂未敢思一卷聊共把

鳴謝

謹此致謝以下各位積極參與《汪精衛詩詞彙編》出版工作：

鄧昭祺教授撰寫本書序文，首次以汪精衛手稿角度深度分析汪氏詩詞；梁基永博士審閱手稿、並與李保陽博士對本書出版給予寶貴建議。

本書材料之所以能翻譯成書，得益於何孟恆竭力收集、記錄、影印的工作，給予本書確實基礎和必要框架，他更於「讀後記」中，慷慨分享他的札記以及寶貴見解。本書亦有賴何秀峰和何英甫抄錄雙照樓詩詞集外，讓我們現在得以展示汪精衛鮮為人知的作品。

感謝黎智豐博士適量編輯「讀後記」內容，蒙憲綜合何孟恆各個版本的「讀後記」，並協助起草編輯前言；劉名晞、郭鶴立為引文核對典籍原句；郭鶴立校對「讀後記」；盧惠安為「讀後記」打字；鄭羽雙整理詩題。

最後，無論是編輯、製作方面，我特別感謝朱安培持之以恆的努力，其貢獻功不可沒。儘管本書團隊成員來自世界各地，有賴他協助，使工作組得以順利完成工作。

何重嘉
汪精衛紀念託管會

意見回饋

是次問卷旨在收集讀者對本會出版之意見，
所收集資料除研究用途外，或會用於宣傳。感謝參與，
有賴您們支持讓本會出版更好的書！

延伸閱讀

汪精衛政治論述匯校本

上、中、下三冊

搜羅多篇一手原稿，涵蓋汪精衛1905年1944年的政治生涯，為最能囊括汪氏一生政治思想的文章選集。

汪精衛南社詩話增訂本

完整彙集詩話內容，附有汪氏手稿132頁掃描，乃研究民國文學社團、知識分子網絡及革命文學不可缺少的史料。

此生何所為一
汪精衛亂世抉擇

收錄365句汪精衛名言，涵蓋其在文化、政治、民生、思想、愛情、戰爭、革命的智慧，是鑽研汪氏之入門作。

獅口虎橋獄中手稿

四冊

彙集各界和運翹楚龍榆生、陳璧君、周作人、陳公博等於獄中所撰書信、詩詞、文論及編纂選集等一手原稿。

何孟恆雲煙散憶

汪精衛女婿何孟恆紀實回憶其跌宕起伏的人生，從民初風景、求學趣聞、跟隨汪氏到晚年點滴，歷歷如繪，讀之如同親見。

我書如我師一
汪文惺日記

1937-1938年汪精衛長女汪文惺記錄日軍攻陷南京前後，輾轉各地避難的心路歷程，由汪精衛親筆隨文批校。

一場戰爭的開始

Through China's Wall 最末六章，美國作家格蘭姆·貝克親述1937年引發中日戰爭的蘆溝橋事變之經歷，由汪精衛女婿何孟恆翻譯。